DISIDENTE Y PERSEGUIDO

A todos aquellos que fracasaron en su lucha por defender la dignidad humana y fueron considerados enemigos de la humanidad. La historia acabará por darles la razón.

Editorial Bambú es un sello
de Editorial Casals, SA

© 2024, Joe F. Daniels, por el texto
© 2024, Editorial Casals, SA, por esta edición
Casp, 79 – 08013 Barcelona
editorialbambu.com
bambulector.com

Ilustración de portada: Diego Mallo
Diseño de la colección: Estudi Miquel Puig

Primera edición: febrero de 2024
ISBN: 978-84-8343-973-9
Depósito legal: B-250-2024
Printed in Spain
Impreso en Anzos, SL
Fuenlabrada (Madrid)

El papel utilizado para la impresión
de este libro procede de bosques
gestionados de manera sostenible.

Cualquier forma de reproducción, distribución,
comunicación pública o transformación de esta
obra solo puede ser realizada con la autorización de sus titulares, salvo excepción prevista
por la ley. Diríjase a CEDRO (Centro Español de
Derechos Reprográficos, www.cedro.org) si necesita fotocopiar o escanear algún fragmento de
esta obra (www.conlicencia.com; 91 702 19 70 /
/ 93 272 04 45).

DISIDENTE Y PERSEGUIDO

JOE F. DANIELS

PARTE I

LA RESERVA

1

«Mis enemigos me rodean como una jauría de
perros; una pandilla de malvados me acorrala»,
SALMO 22

Jan no dejaba de repetirse unas misteriosas palabras que había oído en su infancia de boca de su maestro preferido. Ahora fluían espontáneamente de su memoria, como un eco autobiográfico: «Todo el que se proponga vivir un ideal grande y contracultural será perseguido». Esta íntima cantinela se combinaba con un intenso jadeo, que era lo único que le preocupaba. Por mucho que se esforzaba, no conseguía reprimir su escandaloso resoplo. No podía permitir que lo localizaran. Llevaba más de tres horas corriendo.

Mejor dicho, huyendo.

Se dirigía a la ciudad de Nois. Había partido de Cinobar –ciudad costera; su lugar de origen– con gran ventaja de tiempo respecto a sus enemigos, pero estos contaban con piernas transhumanas que les permitían avanzar por el bosque a gran velocidad. Solo quedaban cien metros hasta la gran valla. Sabía que en cuanto emprendiera la carrera y saliera del tupido bosque solo contaría con tres segundos de ventaja para alcanzarla antes que sus perseguidores. Necesitaba unos minutos de descanso previos al último esfuerzo, pero el maldito jadeo parecía impedírselo. Por fin se arrancó a la carrera.

Esos tres segundos eran su única esperanza.

—Está allí. Ya es nuestro —gritaron ellos.

Jan sacó fuerzas de la flaqueza y acometió la distancia que lo separaba de la valla como si se tratara de la final olímpica de los cien metros lisos, a pesar de que su atuendo no era el más apropiado para la práctica del atletismo: un pantalón duro de monte, unas botas, una camiseta de algodón y una chaqueta vaquera con capucha.

Mientras corría, sus ojos marrón claro miraban de reojo a su flanco izquierdo, desde donde sus enemigos se le acercaban. De manera intuitiva, trazó las dos trayectorias, la suya y la de ellos, y comprobó que llegaría a la valla sin ser alcanzado. De repente, algo falló. Perdió velocidad. Sus piernas parecían cargadas de plomo.

Había cometido un error. Sin preverlo, se había metido en un lodazal que amenazaba con echar por tierra la leve ventaja que tanto trabajo le había costado mantener. Por suerte, la zona embarrada ocupaba poco espacio. Salió de ella y volvió a correr a máxima velocidad. Pero ya era tarde. En su mente se dibujaban de nuevo las dos trayectorias y no tenía dudas de que lo iban a interceptar.

Como si se tratara de un relámpago, una idea le atravesó el intelecto: el béisbol. Recordó ese juego que había practicado durante su infancia y, sin dudarlo, justo antes de ser apresado, se lanzó al suelo con las piernas por delante como si tratara de tocar la base. Con este brusco movimiento consiguió frenarse casi de inmediato, mientras que sus perseguidores lo adelantaron, sin poder detenerse a tiempo y cayendo al tropezar con sus pies.

Se levantó como un muelle y alcanzó la valla con unas pocas zancadas. Se encaramó a ella y en un instante ya había salvado sus cinco metros de altura.

Sin mirar atrás, se perdió en el bosque.

Sus enemigos se habían quedado inmóviles. Lo último que vieron fue a Jan retrocediendo unos pasos para recoger algo del suelo antes de emboscarse.

–¿Lo seguimos? –preguntó uno de ellos.

–Ni loco –respondió otro, mientras miraba fijamente un gran cartel colgado en la valla que se repetía cada cincuenta metros y decía, con letras rojas, «Reserva de lobos».

–Somos más rápidos que él –adujo el primero.

–Sí –contestó el tercero, que era el de mayor rango–, pero hay lobos, y pronto anochecerá. Me han contado historias escalofriantes. Es cierto que nuestras piernas son insensibles a las mordeduras, pero esas malditas criaturas, aunque empiecen atacando a las extremidades, tienen como objetivo la cabeza, el cuello y el abdomen. Es mejor que lo esperemos en la salida, que está a unos ochenta kilómetros al norte. Probablemente aparecerá por allí…, si sobrevive.

–Cosa poco probable –dijo el segundo, con una sonrisa.

–No tenemos otra opción –suspiró el líder–. Desde que el Comité Central decidió destecnologizar todas las reservas naturales, no hay posibilidad de seguir ningún rastro en estas zonas. Esa idea es muy romántica, pero se ha vuelto en nuestra contra. Parece mentira que estas cosas sigan ocurriendo en el año 2073.

–¿Y si solicitamos que activen el protocolo de búsqueda por satélite? –intervino el primero de ellos.

–Bah. Demasiado papeleo y burocracia para un simple trasgresor del orden social –concluyó el líder.

2

Ciudad de Cinobar: cincuenta años antes

Lucía llevaba todo el día anotando los registros obtenidos de ciento cincuenta ratas. La atmósfera otoñal del laboratorio era densa a esas horas de la tarde. Estaba cansada, pero también ansiosa. En su interior resonaban estas palabras: «¡Hoy puede ser el día!». Había pesado, uno por uno, a cada animalito. Había analizado sus heces. Había comprobado el consumo de alimento en las últimas veinticuatro horas.

Llevaba quince días haciéndolo.

Solo le quedaba terminar de compilar esa información en el programa informático para, seguidamente, darle a un icono y obtener múltiples correlaciones de datos. Le temblaban las manos, por el cansancio y también por la emoción. Por fin pudo activar la función correlación. De inmediato, aparecieron en pantalla multitud de gráficas y tablas. Las ojeó por encima y se le iluminó el rostro.

No podía creer lo que estaba viendo: las correlaciones eran casi exactas.

Imprimió las veintitrés páginas del informe, se desabrochó la bata blanca y se preparó un café expreso. Sentada en una silla ergonómica, con sus gafas de pasta roja bien ajustadas, ante una mesa amplia y bien iluminada y con la ayuda de un rotulador rojo, empezó a repasar cada gráfica y a señalar las correlaciones más significativas. Celebraba cada nueva confirmación científica con un buen sorbo de café. Ya no sentía el cansancio. De pronto, como despertando de un éxtasis, decidió hacer una llamada.

–Carlos, ¡funciona! –gritó por el móvil, llena de excitación.

–¿El test con las ratas? –respondió la voz varonil y madura del supervisor al otro lado del teléfono.

–¡Sí, funciona a la perfección! ¡Y en todos los animales! La diferencia con los de control es espectacular –remarcó Lucía, mientras paseaba ansiosa por el laboratorio.

El responsable se quedó sin habla.

–¿Carlos, sigues ahí? –dijo ella.

–Lo que estás diciendo es... una bomba –se escuchó por fin–. Habrá que darlo a conocer al mundo entero.

–Mañana mismo me pongo con la redacción del artículo. Pienso que la revista *Materia* nos lo publicaría en menos de tres meses. En *Certezas* también han mostrado gran interés; saben que llevamos trece años con esto...

–Adelante con todo, Lucía.

–Vete preparando la conferencia –añadió ella–, que yo me ocupo de la rueda de prensa. Creo que vas a ser famoso...

–Lucía, eres un sol. Estoy muy orgulloso de ti.

–Gracias. Sí, ha valido la pena tanto esfuerzo. Estoy emocionada. Buenas noches, Carlos.

Dos meses más tarde, *Materia* atrajo las miradas de toda la comunidad científica, y el interés saltó a los medios, que reclamaban más información. En un auditorio enmoquetado del centro de la ciudad, Carlos tuvo su momento de gloria. Los periodistas habían desplegado sus cámaras por los pasillos y por los laterales del estrado, y podía escucharse el veloz sonido de muchos teclados de ordenadores portátiles que trataban de sintetizar las palabras del supervisor del proyecto más revolucionario de los últimos años. La voz de Carlos resonaba, serena, hasta la última fila de aquel mar de flashes.

–Durante largo tiempo, el ser humano padeció hambre; y el hambre era el principal estímulo para la pelea diaria. Gran parte de la población mundial vivía con una única obsesión: comer para sobrevivir.

»Luego llegó el progreso, y la abundancia de alimentos alcanzó todos los rincones del mundo: el hambre dejó de ser un estímulo y se convirtió en un problema. En el último siglo, con tanto exceso de comestibles, la humanidad ha tenido que aprender a reprimir el hambre y luchar contra sus daños colaterales: el sobrepeso y la obesidad mórbida, la anorexia y la bulimia, etcétera. Todos ustedes son conscientes del elevado coste médico que estos comportan.

»En las décadas pasadas hemos asistido a un espectáculo de nuevas modas para defendernos del hambre: alimentos prohibidos, dietas sanas, insípidas, más propias de un herbívoro que de un omnívoro...; ejercicios extenuantes, gimnasios repletos de seres sudorosos haciendo penitencia por los excesos de comida en los días anteriores...

»A ello hay que añadir la presión que sienten muchas personas, especialmente las mujeres, para mantener un «cuerpo perfecto», o el trauma de la discriminación social que han sufrido y sufren las personas obesas. ¿Quién no recuerda aquel infame anuncio que decía «La obesidad no es una opción, es una enfermedad»?

»¡Todo esto ya es historia!

»¡Todo esto ya está superado!

»Todo se resolverá con el nuevo fármaco que hemos descubierto, que denominamos inhibidor de la absorción intestinal de nutrientes: el IAI. Basta con una píldora, o quizá un implante en el futuro, para dejar de preocuparse por el hambre durante varias horas: quien la tome podrá comer todo lo que quiera sin que se modifique su peso corporal.

»El IAI actúa a nivel bioquímico, bloqueando por varias vías la capacidad de absorción de los enterocitos del intestino delgado. Quien quiera profundizar, que lea con atención el artículo recién publicado en *Materia*: allí encontrará todo lo que necesita.

»A partir de ahora, en este mundo solo serán obesos aquellos que así lo decidan.

»Podemos sentirnos orgullosos: el año 2023 pasará a la historia porque la ciencia aplicada acaba de construir un mundo mejor, un mundo más feliz.

Ni Carlos, ni Lucía, ni nadie en esos momentos se imaginaba la reacción en cadena que estaba a punto de producirse. Tenían razón al afirmar que el mundo había cambiado; la opinión de que ese cambio era a mejor no iba a ser compartida por todos.

3

Junio de 2073

Jan ya estaba al otro lado de la valla. Sin mirar atrás, decidió adentrarse en el bosque. No le había pasado desapercibido el repetitivo cartel con la leyenda «Reserva de lobos» porque eso formaba parte de su estrategia de huida. Había optado por asumir ese riesgo, y sus previsiones se cumplían: sus perseguidores se habían quedado paralizados por miedo a esas bestias.

Ya estaba emboscado cuando su cerebro le advirtió de la presencia de un objeto en el suelo. Frenó en seco y desanduvo unos pocos metros para recoger un cráneo de ciervo con una gran cornamenta. Posiblemente ese venado había sido víctima de los lobos. Con la cornamenta en la mano, continuó su carrera unos minutos hasta que estuvo seguro de que nadie lo seguía.

Llevaba muchas horas huyendo. A pesar de sus veintiséis años y de su constitución fuerte y atlética, estaba exhausto. La adrenalina lo había mantenido activo, pero ahora empezaba a notar el peso del cansancio. Sentado en una roca, sacó de uno de los bolsillos del pantalón la única tecnología que llevaba consigo: una navaja multiusos que le había regalado su padre cuando había cumplido catorce años y una madeja de cuerda. Enseguida se puso a trabajar. Tomó la cornamenta, eligió dos de sus puntas y las cortó por el tronco común, obteniendo una especie de Y. Con la ayuda de la navaja, empezó a afilar el extremo inferior. Cuando terminó, ató la Y firmemente a su bota derecha, de tal manera que los dos brazos de las puntas se acoplaron a los lados de la bota y el tronco recién afilado apuntaba hacia adelante y ligeramente hacia arriba: «Es más largo y punzante que cualquiera de los dientes de un *Canis lupus*», se dijo.

Tras una media hora de reposo y de manejo de navaja y cuerda, reemprendió la carrera, monte arriba. Quería avanzar el máximo de kilómetros antes de la puesta de sol. El mes de junio finalizaba; soplaba un viento fresco de atardecer que lo golpeaba en el rostro y le dificultaba la carrera, pero el olor a bosque le servía de narcótico. Mientras avanzaba, el bosque de encinas y robles era sustituido por otro de pinos envueltos en la penumbra; inesperadamente, una raíz lo hizo trastabillar y rodar por una pendiente. Cuando recobró el control, el bosque ya no era el mismo. Era como si la presencia del maligno se hubiera apoderado de todo.

Lo peor del lobo no son sus largos y afilados colmillos. Tampoco el penetrante gruñido que anuncia el ataque inminente. Lo peor es la parálisis que te recorre todo el cuerpo al contemplar su mirada de odio. Es algo parecido al vértigo, que, en lugar de ayudarte a sortear un risco, parece empujarte hacia el vacío. Tenía ante sus ojos la entrada de una madriguera y a cuatro demonios, un macho y tres hembras, con aquella mirada de hielo. Se repuso como pudo. No podía perder ni un instante. Las artes marciales lo habían preparado física y psicológicamente para este momento. Buscó instintivamente la protección de un gran árbol, apoyó la espalda en el tronco y, sin desviar la vista de esos ocho ojos, alzó los brazos al máximo y gritó con todas sus fuerzas. Los lobos se desconcertaron momentáneamente y retrocedieron unos pasos, concediéndole el tiempo suficiente para quitarse la chaqueta y enrollársela fuertemente alrededor del brazo izquierdo. Las fieras empezaron a rodearlo. Pronto iba a dar comienzo el combate. Cuatro dentaduras contra una navaja multiusos y una extraña pierna dotada de un «colmillo» de trece centímetros.

El macho se lanzó primero y buscó el rostro de su víctima con toda su furia. Jan le ofreció el brazo izquierdo y el lobo no dudó en clavar sus dientes hasta alcanzar el músculo. Jan notó el impacto, pero no sintió dolor profundo, pues la chaqueta amortiguó la mordedura. Enseguida contratacó con su navaja y consiguió clavarla en el cuello del animal, mientras este acompañaba su potente mordida con fuertes convulsiones para desgarrar el músculo y alcanzar el hueso. El filo de la navaja era demasiado corto para atravesar la espesura del pelo del cuello, y apenas inquietó a su atacante.

Casi al mismo tiempo, una hembra se había lanzado hacia su pierna derecha, pero antes de alcanzarla, Jan ya le había atravesado el corazón con el asta de ciervo anudada a su bota. El animal gimió, agonizante. A continuación, Jan sintió el dolor penetrante de los afilados colmillos de otra de las lobas en su muslo izquierdo. Con un movimiento de tijera, logró levantarla en el aire y perforarle el estómago con el asta. La loba liberó la pierna y retrocedió, malherida. El macho seguía tratando de fracturarle el hueso. Jan le propinó tres nuevas cuchilladas en el cuello sin dar con su yugular.

Por detrás del árbol, el último animal logró asirle el tobillo derecho, privándolo de su principal defensa. Solo le quedaba la navaja, que clavó con furia en uno de sus ojos y luego en el otro. La hembra soltó su presa lo suficiente para que Jan le atravesara la tráquea de un puntapié.

Mientras tanto, el macho forcejeaba con su brazo izquierdo, impulsándose con sus patas traseras. Con el brazo sano, Jan asió fuertemente su mano izquierda y levantó del suelo a su oponente. Era crucial privar a la fiera de ese apoyo. Una vez el lobo estuvo en el aire, Jan liberó su brazo derecho y, gritando de dolor, agarró la navaja y se la hundió en el vientre. En cuanto el macho se vio flotando en el aire y sintió el pinchazo, soltó el brazo de Jan y retrocedió unos metros.

Ya solo quedaban ellos dos, frente a frente.

Jan jadeaba, y su enemigo también. Notaba la humedad de la sangre, que ya le empapaba el brazo y las piernas. Esperó a que el lobo tomara la iniciativa. En cuanto este saltó hacia su cuello, él se dejó caer hacia atrás y aprovechó la inercia del balanceo para atravesar con la punta afilada de su bota el cráneo de su oponente, ensartándolo por debajo de la mandíbula. La bestia murió en el acto.

Jan permaneció tendido y temblando, hasta que se desvaneció.

Ya era noche cerrada cuando algo húmedo le hizo recobrar el conocimiento. Un lobezno le estaba lamiendo el rostro y las heridas. La luna llena le permitió intuir las sombras de los cadáveres de sus cuatro víctimas. Solo quedaba un cachorro, de poco más de dos meses, que había salido de la guarida cuando la batalla hubo concluido. En medio de gemidos de soledad, había terminado confiándose al único superviviente.

Jan envolvió al lobato con lo que quedaba de su chaqueta, lo tomó entre sus brazos y emprendió la marcha para tratar de buscar un lugar seguro donde pasar la noche, que se prometía fría. Anduvo y anduvo, cojeando, hasta que vio a lo lejos una luz. Pero ya era tarde, había perdido mucha sangre y no podía dar un paso más. Cayó de rodillas, se colocó al cachorro en el regazo, bien apretado, y, enrollado sobre sí mismo, se recostó, tratando de dar calor al lobezno y de recibir el suyo. Al poco rato, dormía inconsciente.

Lo último que le pareció oír fue el tenue rumor de unas pisadas.

4

—No te preocupes, te recuperarás. Has perdido mucha sangre, pero la sepsis está controlada...

Jan todavía no tenía fuerzas para abrir los ojos, pero esa dulce voz femenina le sonaba a música celestial.

—¿Estoy en el cielo? —balbuceó.

—No, todavía tienes que ganártelo —bromeó la mujer.

—¿Dónde estoy? ¿Cuánto tiempo ha pasado?

—En mi casa, cerca de donde te encontré. Llevas tres días durmiendo. Has tenido fiebre elevada, pero ya ha remitido. Eres fuerte. En un mes tal vez estés recuperado.

Jan entreabrió los ojos y miró alrededor.

—¿Buscas a tu cachorro? Está en la bodega. Le he dado leche de vaca y un poco de carne picada. Pronto podrá comer algo más sólido.

El joven dejó caer la cabeza sobre la almohada.

—Gracias... —susurró, antes de sumirse en un profundo sueño.

Jan despertó de nuevo. Esta vez ya pudo abrir bien los ojos. Vio a una mujer de unos veinticinco o treinta años, atareada.

Vestía un mono de trabajo de color verde bosque. Llevaba el pelo rubio recogido en una encantadora coleta y sus ojos eran como esmeraldas. Se movía con tanta gracia y soltura que se habría quedado una eternidad contemplándola. Tarareaba una canción desconocida para él, y le parecía que esa melodía entraba en resonancia con todas las tareas que realizaba. Enseguida juzgó que era una mujer muy bella, pero sin maquillaje ni ostentaciones; y todavía era más hermosa cuando sonreía y se movía.

–¡Menudo perezoso estás hecho! Cuando me pensaba que te ibas a espabilar, te volviste a dormir, y de eso hace ya cinco horas. Será porque la «importante» noticia sobre tu lobezno te tranquilizó del todo –dijo la mujer, obsequiándolo con una sonrisa que se irradió por todo su rostro–. Has debido de soñar muchas cosas; susurrabas una jerigonza incomprensible.

–¿Por qué estás aquí? –preguntó Jan, todavía un poco aturdido.

–Veo que lo de las presentaciones no se te da bien. Me llamo Judith Albi.

–Disculpa, Judith. Todavía no me rige el alma. Me llamo Jan Roger, nací en Cinobar y soy profesor universitario de Filosofía y de Historia Contemporánea. Y sí, suelo soñar todas las noches.

–Pues bien, Jan «el Soñador», estás en una cabaña de guarda forestal. Soy veterinaria.

–¡Qué Dios me proteja! Me he librado de un ataque de lobos para ir a caer en manos de su curandera.

Judith se sonrió y no entró a la provocación; siguió contando:

–También soy de Cinobar, pero vivo en Naturalia, un pueblo de dos mil habitantes en medio de esta gran reserva forestal, a menos de cincuenta kilómetros de aquí. La mayoría nos dedicamos a cuidar la reserva. Yo me encargo de tres áreas: todas tienen su cabaña. Tardo un día en desplazarme desde el pueblo hasta cada una de ellas. Suelo permanecer una semana cuando visito un área forestal. Luego, paso una semana trabajando en el pueblo, para posteriormente descansar dos días. Por tanto, cada dos meses recorro las tres cabañas y me responsabilizo de que el ecosistema de la reserva se mantenga en buen equilibrio.

–Y ¿cómo te desplazas por el bosque?

–Ya sabes que en la reserva la tecnología está mal vista, salvo este brazalete localizador con el que puedo comunicarme y mediante el que me pueden localizar –dijo Judith, mostrando su muñeca izquierda–. Me suelo mover a caballo o, cuando llegan las nieves, esquiando. Llegué cabalgando hace cinco días. Me tengo que volver a marchar dentro de dos. Pero no te preocupes, tengo la despensa llena, la doté la última vez que viene con el carromato, y esta zona es especialmente fértil en frutas del bosque en verano y en setas a principios de otoño: podrás sobrevivir hasta que yo regrese, dentro de un mes y medio aproximadamente. Estarás a gusto aquí: esta casita cuenta con un excelente quemador de pellets para el agua caliente, la calefacción, etcétera, y que además alimenta un pequeño generador eléctrico. Si te quedas sin pellets, hay algunas latas de combustible en la bodega: también sirven para la caldera.

Jan se encontraba cada vez más a gusto charlando con Judith. Habría deseado alargar la estancia de esa chica indefinidamente, pero solo podría disfrutar de dos días con ella. Esto lo entristeció, aunque todavía no era consciente de lo que se le estaba removiendo por dentro. Salió de su ensimismamiento y reanudó la conversación.

–¿No tienes miedo de los lobos?

–¡Qué va! –exclamó Judith–. ¡Ver un lobo es un lujo! Te huelen a kilómetros y no se dejan ver casi nunca. Ellos nos tienen mucho respeto. Prefieren evitar los encuentros. Solo unos pocos afortunados consiguen verlos.

–¿Estás seguro de que la palabra «afortunado» es la correcta? –comentó Jan, con cara de asombro, mientras repasaba con atención sus heridas del brazo y de las piernas, y su chaqueta, recién lavada por Judith, pero llena de los orificios causados por las dentelladas del lobo.

Judith se lo quedó mirando y soltó una carcajada.

–Pobrecito. Tienes razón. Lo tuyo no ha sido precisamente un encuentro de lujo. Por cierto, ¿qué pasó?, ¿por qué te atacaron?

Jan le narró con todo detalle su sangrienta batalla.

–Ahora me cuadra todo. Te fuiste a meter en la boca del lobo, nunca mejor dicho. Esto no es lo habitual. Debió de influir que te moviste rápido y que el viento te daba de cara: por eso no te detectaron. Y, además, esa caída tan tonta por el terraplén solo les pasa a los patosos –sentenció Judith, volviendo a reír con ganas, mientras salía de la estancia para reanudar sus tareas.

Esos dos días fueron maravillosos. Jan pasó el primero en la cama. Judith le hacía curas tres veces al día; las heridas iban cicatrizando bien. La chica le preguntó sobre sus sueños y Jan se explayó a gusto, pues enseguida comprobó que Judith se divertía de lo lindo con sus extravagantes ocurrencias nocturnas. «Debes hacértelo mirar por un especialista –le aconsejaba ella, entre risas, después de cada sueño–, o terminarás mal.»

Al segundo día, se aventuró a dar un paseo fuera de su cuarto con la ayuda de un bastón. Exploró la cabaña y los alrededores. La habitación del huésped –la suya– contaba con un pequeño cuarto de baño y daba al norte; se accedía a ella desde la sala de estar, y se encontraba a mano derecha, nada más entrar desde el exterior. Esta sala de estar era sencilla y agradable, con varios jarrones repletos de flores frescas silvestres que Judith renovaba a diario. Al dormitorio de Judith se accedía mediante una elegante escalera de madera, y era la única estancia del piso de arriba, a modo de buhardilla. En la sala de estar había una mesa de comedor. A continuación estaba la cocina, sin separación alguna. Además contaba con una chimenea, a la izquierda de la puerta que daba a la habitación de invitados. Entre la cocina y la escalera había una pequeña puerta, en forma de arco, que conducía a una sencilla biblioteca, a la que se accedía bajando dos escalones. Esos peldaños disuadieron a Jan, que no pasó del dintel en su primer día de exploración.

La cabaña contaba también con una bodega; se entraba abriendo una trampilla situada en el suelo, al pie de la escalera. Los escalones por los que se descendía eran de piedra y muy empinados. Con los años, la bodega se había convertido en el trastero donde Judith acumulaba los muebles en desuso. Por último, la cabaña tenía un pequeño establo para el caballo, anexo a la fachada sur.

La construcción era de arquitectura elegante, con fachadas de troncos y tejado a dos aguas cubierto de pizarra; estaba enclavada en una bonita pradera; el entorno era un bosque frondoso, compuesto mayoritariamente por pino y algo de roble. La orografía era rica en montes de escasa altitud, sembrados de arroyuelos en todas las laderas y valles, gracias a una climatología que combinaba bien las semanas de lluvia con las de cielos soleados.

Jan se agotó enseguida en su primer paseo exploratorio, por lo que permaneció varias horas sentado en la silla de su habitación. En esos largos ratos, la compañía del lobezno le daba mucho consuelo.

Judith aparecía de vez en cuando, entre tarea y tarea, con frecuentes salidas y entradas a la casa; daba gusto ver con qué profesionalidad administraba su hogar: limpieza, decoración, comida, orden, cuidado de la zona ajardinada junto a la cabaña, etcétera. En especial el tema de las comidas: ¡qué bien cocinado y presentado estaba todo! Además, las conversaciones con ella se volvieron cada vez más ricas y fluidas. Jan le contó los motivos de la persecución y sus planes para el futuro, que incluían encontrarse con un amigo de la infancia, una vez se recuperara del todo. Cada vez había más sintonía entre los dos.

—¿Cuándo decidiste enfrentarte a las autoridades? —le preguntó Judith.

—Hará cosa de dos años. Todavía no termino de verme en el papel de disidente, y mucho menos como perseguido. Siempre he sido un tipo bastante pacífico y discreto. Son los sueños los que me han ido transformando. De hecho, aunque no te lo creas, soy bastante...

—Tímido —añadió, con rapidez, Judith.

—¿Cómo lo has deducido? —respondió Jan sorprendido.

—No hace falta deducirlo. Es evidente.

—¡Vaya por Dios! Además de curandera de lobos, nos ha salido psicóloga —bromeó Jan, ruborizándose un poco.

—No te preocupes —continuó Judith—, ser tímido no es malo. El defecto está en dejarse dominar por la vergüenza y tender al aislamiento. Además, los tímidos tenéis más capacidad de escucha y soléis gozar de un mundo interior más rico.

—Oye, psicóloga, ahora que ya me has retratado, retrátate a ti misma: ¿cómo eres?

–¡Menuda pregunta! Los tímidos pasáis de la nada al todo, saltándoos todos los pasos intermedios. Necesitaría tiempo para pensar la respuesta.

–En estos momentos lo único que tengo es tiempo –dijo Jan, dando a entender con su lenguaje corporal que estaba lisiado.

–Vale, tú lo has querido. Lo voy a intentar.

Judith se sentó sobre la cama, cerró los ojos y apoyó la cara en las manos. Empezó a recordar a gran velocidad algunos instantes decisivos de su vida; parecían fotogramas separados por tenues fogonazos, como si de una película se tratara.

Allí estaba todo. Su infancia, unos padres amorosos, la pequeña de siete hermanos, graciosa, ocurrente, expansiva, el centro de atención, tiempos dulces... Luego, la gran tormenta: la adolescencia. El deseo de molar, de ser única, de ser perfecta, de estar dispuesta a hacer cualquier cosa –aunque fuera vil– con tal de acaparar las miradas. Esa amiga del alma con la que compartía hasta sus más íntimos secretos y descubrimientos: ¡necesitaba alguien con quien aprender a interpretar sus intensas emociones! La consciencia de hacerse mujer, y guapa, y seductora. La rebeldía envidiosa: contra su madre, contra otras compañeras que pretendían hacerle sombra; de repente, todas eran rivales. Sus deseos de ser buena, solidaria, colaborativa, festiva, heroica, tierna, maternal, acogedora, sacrificada... Y su gran frustración: «Algún día envejeceré, me arrugaré, perderé mi belleza». Esto la destrozaba, la amargaba, la ponía furiosa. Fueron cuatro años, de los doce a los dieciséis, de gran turbación e inestabilidad, de máxima complejidad. Hasta que un día, en uno de esos ataques de histeria desfogados violentamente contra su madre, su padre la tomó por los hombros, la zarandeó y le dijo, mirándola a los ojos: «Pero ¿qué te pasa? ¡Estás tonta!».

Ella rompió a llorar desconsolada y reveló a su padre el motivo de su amargura. Entonces, él la abrazó con ternura, la cubrió de besos y le dijo unas palabras salvadoras.

–Ya está, ya puedo retratarme –concluyó Judith tras esos momentos de intensa introspección.

–Pues adelante, soy todo oídos. Pareces una mujer estable y madura.

–Nada de eso. Iba camino de convertirme en una persona explosiva: expansiva y desequilibrada al mismo tiempo. Mi adolescencia fue un tormento: vivía obsesionada por ser el centro de las miradas. Hasta que mi padre me dijo: «Yo te quiero y te querré siempre por tu belleza interior: cultívala, pues siempre puede ir a más». Mano de santo. A partir de entonces, encontré un fundamento sólido sobre el que desarrollar mi personalidad, mi propio estilo. Por eso me gusta tener siempre a la vista flores frescas: me recuerdan que la belleza exterior es caduca; solo la interior permanece y puede crecer. Pero basta ya de jugar a los psicólogos. Te dejo un rato, que tengo que atender mis tareas.

Judith salió de la habitación. Jan se la quedó mirando, con una sonrisa tonta en la cara. «Ahora entiendo por qué eres tan bella –pensó–. Y ¡qué distintos somos! En mi adolescencia me molestaba que me miraran; lo único que anhelaba era que me admiraran por mis destrezas físicas.»

Al atardecer de ese segundo día, Jan había decidido preguntarle una cosa y, por timidez, no se lanzaba a hacerlo. Él estaba soltero y sabía que esa pregunta le brindaría la oportunidad de llegar a otras más importantes. Por fin, en uno de sus paseos con bastón por la sala de estar, carraspeó e hizo ademán de hablar. Judith debió de sospechar algo, porque enseguida inició una nueva conversación.

–¿Ves esa espada medieval que hay encima de la chimenea?

–Sí, me fijé en ella la primera vez que entré en esta sala: está muy afilada. Es un objeto un tanto curioso; no casa mucho con este lugar ni con tu trabajo.

–Lo sé, pero le tengo mucho cariño. Me la regaló mi marido hace tres años. «Tarde o temprano te protegerá», me dijo el día que me la dio. Y estoy convencida de ello.

Jan dejó de prestar atención a la espada. Esta vez fue la palabra «marido» la que le causó tristeza. Disimuló como pudo, aunque vio que Judith lo observaba con atención. Estaba claro que aquella pregunta ahora carecía de sentido. Judith lo intuyó y cambió de tema.

–Si te parece bien, voy a enseñarte cómo funciona todo para que puedas valerte por ti mismo hasta mi regreso. Sé que el lobezno te hará compañía. Por cierto, ¿ya le has puesto nombre?

–Sí, se llama *Lupus*. Pero es mejor llamarlo *Lup*, porque cuanto más corto es el nombre de un «perro», mejor lo capta.

–Me gusta mucho el diminutivo *Lup*. Te felicito por la elección –dijo Judith con entusiasmo. Y añadió–: Pero supongo que no dedicarás todo tu tiempo a un simple cánido. Deja que te muestre la biblioteca. De las tres cabañas que uso, esta es la más grande, y mi preferida; conseguí adquirirla en propiedad y es como una segunda vivienda: es ideal para las vacaciones largas, por eso la he dotado con una biblioteca de lujo.

Judith abrió la pequeña puerta arqueada que daba a una confortable habitación de tres por dos metros, con una buena butaca, una lámpara de pie y todas las paredes forradas de libros.

–Comprobarás que aquí solo hay literatura. Son poco menos de trescientos volúmenes, pero están escogidos con mucho cuidado: los he ido ordenando por ámbitos geográficos y lingüísticos a medida que los leía: obras rusas, españolas, italianas, británicas, francesas, eslavas, nórdicas, latinoamericanas, norteamericanas, germanas, portuguesas, catalanas, hispanoamericanas, chinas, indias, árabes, niponas, africanas, etcétera. Aquí encontrarás las joyas que han dado gloria a las principales lenguas del mundo y que son como una encarnación del espíritu humano, con toda su grandeza y debilidad.

Jan recorrió con mirada atenta las cuatro paredes de la estancia y decidió disimular su asombro con una provocación:

—Veo que te has olvidado de dos ámbitos lingüísticos de capital importancia.

—¿Cuáles? —preguntó Judith con curiosidad.

—El hebreo y el griego. Echo en falta los libros que más han configurado el mundo.

—Tienes razón, pero es que a esos les he reservado un lugar especial —contestó rápidamente Judith, y le devolvió la provocación—: Veo que solo eres observador cuando te interesa. Debajo de la espada que has visto antes, en la repisa de la chimenea, tienes cuatro volúmenes encuadernados en piel: los dos primeros contienen la Biblia (el Antiguo Testamento y el Nuevo), y los otros dos son las biblias helenas: la *Ilíada* y la *Odisea*.

Jan enmudeció ante esa rápida respuesta.

Luego pasaron a hablar de temas más superficiales y terminaron por retirarse a dormir. A la mañana siguiente, un relincho despertó a Jan, que vio desde su ventana cómo Judith se alejaba al galope, con gran estilo. Se quedó apenado, nostálgico de las horas vividas junto a la chica. Pero no había tiempo que perder. Durante la noche, había ideado un plan de trabajo para las próximas semanas que incluía todo lo necesario para poder conducir con éxito la estrategia trazada meses antes en Cinobar.

5

En la cocina encontró una libreta con un mensaje de Judith en letras grandes: «No te olvides de poner flores frescas, todos los días, en los jarrones de la sala de estar». El resto de la libreta estaba en blanco. Junto a esta yacía un lápiz. Jan tomó ambos, se sentó a la mesa del comedor y empezó a garabatear la organización de sus jornadas. Dedicaría siete horas a dormir, seis a leer buena literatura, cinco a dar paseos, cazar y hacer ejercicio físico; dos a entrenar a *Lup* y una a la meditación; las tres restantes, a cocinar, comer y mantener la casa limpia y ordenada.

Durante la primera semana, su actividad física consistió en recuperar la movilidad básica y fortalecer los músculos. En la segunda, sirviéndose de las herramientas que encontró en un baúl de la sala de estar, construyó una especie de pista americana en un terreno llano cercano a la fachada sur de la cabaña, a pocos metros de donde Judith lo había encontrado desmayado. Con troncos, clavos y cuerdas fabricó aparatos que le permitieron fortalecer todos sus músculos y ganar en flexibilidad, rapidez y reflejos. Además de las katas de artes marciales, el ejercicio que más le gustaba era ponerse del revés, haciendo el pino, y flexionar los brazos con reiteración, hasta tocar el suelo con la nariz, sin perder el equilibrio en ningún momento: este movimiento lo había adquirido gracias a su constitución fuerte, fibrosa y atlética, y a cinco años de práctica.

Jan era un buen lector. En la biblioteca se sentía como un ratón dentro de un queso. Revisó con calma la colección de libros y seleccionó algunos que tenía pendientes. Esas sesiones diarias de lectura, repartidas en tres segmentos de dos horas, le regalaban momentos de gran gozo, en los que iba devorando un libro tras otro. Antes de iniciar una nueva novela, restregaba el tomo por su frente y comentaba: «Libro mío, ¿qué sorpresas me tienes preparadas?, ¿cómo vas a cambiar mi visión del mundo?».

Hacía tiempo que no leía en papel. Su actividad académica en Cinobar lo había habituado al estudio con dispositivos electrónicos. Ahora, gracias a esa biblioteca, volvía a experimentar el deleite del contacto físico con los libros. Era una actividad multisensorial, pues saciaba sus cinco sentidos: se entretenía leyéndolos, oliéndolos, frotándolos, oyendo el frufrú del papel... y, de vez en cuando, se lamía la yema del dedo índice para pasar las páginas con mayor rapidez. Aunque también aplacaba el sentido del gusto con un vaso de agua limonada que siempre tenía a mano.

Lup era otro gran regalo. Desde el primer momento, hubo afinidad entre ellos. Jan se lo llevaba a todos sus paseos y ejercicios físicos. En los ratos de lectura, el lobato se acurrucaba a su lado y, como premio, recibía las acompasadas caricias de su dueño. A partir de la segunda semana, cuando el cachorro ya se acercaba a los tres meses, Jan se entregó a su entrenamiento: sentarse, echarse, aguantar la posición, venir, caminar a su lado, salir en carrera, saltar, tirar de él o de una piedra atada a una cuerda que hacía las veces de correa, recoger objetos y traerlos a su mano, buscar cosas siguiendo la pista olfativa, arrastrarse, gruñir, etcétera. Antes de empezar el adiestramiento, Jan anotó en una de las hojas de la libreta todas las órdenes que quería enseñarle y asignó a cada una un nombre corto, enérgico, fácil de memorizar y que solo ellos dos conocieran. *Lup*, que estaba bien dotado de esa memoria relacional que tienen los cánidos, aprendió rápidamente a unir gesto, palabra y acción. Tenía hambre de aprender nuevas cosas todos los días porque, a su manera, comprendía que eso hacía feliz a su amo, el jefe de la manada.

A primera hora de la mañana, cuando todavía era de noche, Jan se levantaba, se vestía rápido y, acompañado de *Lup*, se dirigía a un promontorio de rocas graníticas, desde el que se divisaba una gran hondonada forestal que daba al oriente. Allí, sentado en una piedra en forma de trono, contemplaba el mayor espectáculo del mundo: ¡la salida del sol! Su espíritu se venía arriba al compás del ascenso del disco solar. Entonces se recogía en meditación profunda y hablaba con su Dios: su creador, su redentor, su santificador... Ese diálogo contenía todo: pasado, presente y futuro, y el estado interior de su alma. Su rico mundo interior se convertía en diálogo vivo. El resultado siempre era el mismo: Jan regresaba a la cabaña rejuvenecido por dentro, sintiéndose querido en su miseria y con energía para afrontar lo que tuviera que llegar.

Tras la meditación matutina, venía un rápido desayuno seguido de los ejercicios físicos y de la primera dosis de entrenamiento de *Lup*. A media mañana, cuando amo y lobo ya estaban exhaustos, llegaba otro de los momentos mágicos de la jornada:

el baño en una poza situada a poco más de un kilómetro de la cabaña, hacia el sureste, en la que desembocaba una cascada. Jan se zambullía de cabeza en ella, saltando desde una roca: el contacto con el agua fría era el mejor de los masajes para sus músculos, y allí podía lavar su larga cabellera y afeitarse la barba con su navaja. Secarse al sol era otra de las dádivas diarias. Al principio, *Lup* evitaba el agua, pero terminó aficionándose a ella para poder compartir esos momentos con su amo.

Los últimos días de julio y casi todo agosto transcurrieron lluviosos y fértiles. La cabaña y el bosque parecían un rincón del Edén. Corría agua por todas partes. El suelo estaba mullido, cubierto por una coloreada vegetación que abarcaba toda la escala de verdes.

Un día, a media tarde, estando Jan sentado a una mesa exterior que había instalado frente a la puerta de la cabaña y atareado en la fabricación de cuerda, cuando ya habían pasado casi dos meses de su llegada a ese lugar, ella apareció con su corcel negro hispanoárabe, casi tan bello y reluciente como su dueña. Para Jan fue como un nuevo amanecer.

–Te veo muy recuperado –dijo Judith sonriendo, sin bajar del caballo.

–Pues verás de lo que es capaz *Lup* –contestó Jan, saltándose todo el protocolo de un reencuentro estándar y buscando una excusa para disimular su torpe timidez.

Acto seguido, se puso en pie con energía y dio un silbido corto e intenso. Al poco rato, *Lup* salió de la cabaña como un rayo y se quedó sentado a su lado, con la mirada atenta a los ojos de su amo, que solo interrumpía para echarle rápidas ojeadas a Judith.

–A ver, *Lup*, demuéstrale lo que has aprendido en estas semanas.

A continuación, vino algo parecido a un número de circo. Jan empezó a lanzar órdenes a diestro y siniestro, y *Lup* las cazaba al vuelo. «Ir», y el lobo salía en carrera, «Tumba», y de repente se echaba y se quedaba totalmente quieto; «Ven», y se sentaba junto a la pierna izquierda de su amo; «Toma», y cogía un palo de la mano de su amo y no lo soltaba; «Salta», y se encaramaba encima de la mesa, etcétera. En último lugar, gritó «Gira», y el lobo se puso a correr en círculos alrededor de Judith y de su caballo. Así estuvo un minuto largo hasta que su amo le ordenó «Para» y «Sienta», y *Lup* se quedó sentado donde estaba, jadeando, con cara simpática y con la lengua fuera.

–¡Caramba, veo que no has perdido el tiempo! –exclamó Judith, complacida por el espectáculo.

–Un lobo adiestrado es un lobo más feliz –respondió Jan.

–Si ese es el motivo, nada que objetar. Aunque no termino de ver la utilidad de tanta orden.

–Nunca se sabe –respondió Jan en voz baja.

A continuación, ayudó a Judith a desmontar y entre los dos llevaron el caballo a la cuadra. Judith lo desensilló y lo liberó de las bridas, del bocado, del filete y de las riendas. Le dio de beber mientras le quitaba el sudor del cuerpo con una gran esponja. Después lo secó con una espátula y extendió una bala de paja por la cuadra. Por último, le dio de comer alfalfa y un poco de grano que había allí almacenado. Jan la observaba absorto, entretenido por aquellos movimientos tan femeninamente suaves y, a la vez, enérgicos.

Seguidamente, Jan ofreció a la chica la posibilidad de practicar con *Lup* algunas de las órdenes escenificadas antes. Ella aceptó de buen grado, y el lobato, al principio, correspondió obedeciendo como si fuera su nueva ama. Pero de pronto, una liebre saltó de unos matorrales cercanos y *Lup* salió tras ella como un poseso, olvidándose de toda orden, como si ya no tuviera amos. Jan le gritó para que volviera, pero fue inútil: el lobezno tenía ganas de jugar, y una liebre era una tentación imposible de superar.

–Vaya –comentó Judith–, veo que tu «alumno» todavía tiene recorrido...

–Sí –respondió Jan un poco avergonzado–, no he conseguido que modere su instinto cazador: en cuanto se le cruza un bicho por delante, se ofusca y no hay quien lo detenga. Pero dejémoslo estar y pasemos dentro, así me cuentas y te cuento, que ya tenía ganas de hablar con un animal racional.

–Gracias por lo segundo –respondió Judith con elegancia.

Entraron y Judith se fijó en que todos los jarrones contenían flores frescas; esbozó una sonrisa sin comentar nada. Se sentaron a la mesa de comedor y Jan le contó cómo se había organizado el tiempo en esos casi dos meses. Se sentía bien de ánimos y restablecido de sus heridas; cada día se encontraba más fuerte.

Judith le dijo que solo se quedaría hasta el día siguiente porque se había quemado una zona de la reserva forestal a unos noventa kilómetros al sureste y se requería su presencia allí cuanto antes. Había venido porque sentía la necesidad de comprobar el estado de Jan. Ahora, viéndolo tan bien, podía ausentarse tranquila.

Aunque a Jan no le hizo gracia la escasa duración de la estancia de Judith, lo asumió pronto. Es más, para tranquilizarla, le contó que era diestro en el uso del arco: se había construido uno y aprovechaba algunos paseos para cazar conejos, liebres y alguna que otra ardilla. Proteína no le iba a faltar.

El coloquio se extendió hasta bien entrada la noche, solo interrumpido por la elaboración de la cena. Dedicaron mucho tiempo a hablar de literatura. Repasaron algunas de esas obras cumbres de lectura obligatoria. Claramente, Judith había leído más que él, y esto lo espoleó para fijarse nuevos objetivos con la ilusión de llegar con la tarea cumplida al siguiente encuentro.

Jan manifestó que hasta los diecisiete años se había engañado diciendo que apenas leía porque no tenía tiempo. El estudio, el deporte, las relaciones sociales, no le dejaban hueco para la lectura. Ya llegarían tiempos mejores... Él, a diferencia de otros, era una persona muy ocupada y no podía permitirse el lujo de leer. Así se tranquilizaba. Su planteamiento cambió radicalmente el día que asistió a una conferencia. El ponente fue muy directo: «Solo caben tres motivos por los que una persona no lee: porque no puede (no sabe, le falla la vista, etcétera), porque no quiere (decide ocuparse en otras actividades) o porque es débil (le gustaría y puede hacerlo, pero lo vence la pereza). Nunca cabe el motivo de falta de tiempo. Esta no es una razón real, sino una vil excusa. Bastan cinco minutos al día para convertirse en buen lector. Esos cinco minutos se convierten en hábito a los pocos meses. Y el hábito nos convierte en devoradores de libros. Conclusión: ¿quién no tiene cinco minutos para leer todos los días?». Tras relatar esta anécdota, Jan añadió:

—Después de esa conferencia, empecé a leer unos pocos minutos a diario, aunque en las primeras semanas no fui del todo constante. Cada noche marcaba en una libreta si había leído o no. Al cabo de seis meses, noté que había prendido en mí el hábito lector: mi espíritu me pedía lectura de calidad todos los días. Posteriormente, un buen amigo me habló del proyecto Quijote: leer las principales obras cumbres de cada lengua o área geográfica, aquellas que habían configurado el alma de las distintas naciones. Muchas de ellas las has conseguido reunir en esta rústica y sencilla biblioteca: ¡es impresionante lo que has hecho!

–Pues tengo que reconocer –dijo Judith– que yo siempre he sido una gran lectora; me lo inculcó mi madre, con su ejemplo.

Al día siguiente, Judith se fue cabalgando con la misma soltura con la que había llegado. Jan habría querido retenerla a su lado siquiera unos minutos más, pero no era posible. Hablar con Judith era como una gracia inmerecida. Al mismo tiempo, desde que supo que estaba casada, se extremaba en delicadeza para no sobrepasar determinadas líneas. De hecho, apenas le había preguntado sobre su vida personal: sabía que no tenía hijos y poco más.

6

Las nieves de enero lo cubrían todo. Habían pasado casi cinco meses desde la última visita de Judith. *Lup* había madurado mucho en este tiempo y podía aguantar las largas carreras a las que se sometía su dueño, que ya estaba totalmente curado de las heridas.

El sol de primera hora de la tarde se posaba sobre el rostro de Jan y le regalaba su grato calor, ni demasiado intenso, ni tampoco insuficiente: el justo para que se sintiera confortado y activo. Estaba en su mesa exterior de trabajo, atareado en la elaboración y el repaso de multitud de tipos de nudos aprendidos en su infancia.

Lup dormitaba a sus pies, pero los lobos nunca duermen del todo y, de repente, se sobresaltó; levantó la cabeza, electrificó las orejas y apuntó el hocico hacia un lugar concreto del bosque. A los pocos segundos, apareció por allí Judith con sus esquíes de travesía y una gran mochila a la espalda. *Lup* empezó a mover la cola de manera exagerada, pero sin perder su posición, pendiente al mismo tiempo de los ojos de su amo y de la llegada de la chica.

–Me alegro mucho de verte, Judith. Puesto que llegas con retraso, espero que esta vez puedas quedarte más de una semana con nosotros –terció Jan, señalando a *Lup* con la mirada.

–Lo mismo digo, también me alegro de veros, y en tan buen estado. Mi retraso se debe a que las tareas relacionadas con el incendio me llevaron más tiempo del previsto. Por cierto, ¿qué haces con tanta cuerda y todos estos nudos?

–Es sorprendente lo que se puede hacer con una navaja, un trozo de cuerda y un poco de técnica. De pequeño me aficioné a los nudos y estos últimos días he conseguido recordar cómo hacer la mayoría de ellos.

–Ya veo, ya –contestó Judith, mientras barría con su mirada toda una colección de cuerdas con diferentes nudos que colgaban de la fachada principal de la cabaña, como si se tratara del muestrario de una tienda de antigüedades.

Judith se quitó los esquís, los apoyó en la pared junto a la entrada y sustituyó sus botas por un calzado ligero que llevaba en la mochila; después, tomó una silla y se sentó a la mesa con Jan. Pronto entablaron una de esas largas conversaciones que tanto les agradaban.

Al cabo de un rato, abordaron el gran tema que ya los unía y que era la causa de la huida de Jan: Gula, lo llamaban ellos. Jan se admiraba de que Judith hubiera alcanzado las mismas conclusiones que él, pero mucho más rápido, y casi por intuición, mientras que él las había tenido que elaborar paso a paso, a golpe de lecturas y de experiencias dolorosas. Ambos tenían claro que no sería fácil desactivar esa ideología, ya que, junto con los errores, contenía muchos elementos verdaderos que la dotaban de gran fuerza. En un momento de la charla, Jan declaró con pasión:

—¡Está todo tan bien construido! ¡Es tan seductora la argumentación! Realmente, el hombre es capaz de renunciar a la verdad, pero nunca a la lógica. Una buena construcción lógica nos extasía siempre: nos hace sentir el poder de la persuasión.

Llevaban poco más de dos horas de tertulia cuando *Lup* volvió a ponerse en estado de alarma, pero esta vez no movió el rabo: se puso a gruñir. Al cabo de un rato, empezaron a oírse ruidos de pisadas dentro del bosque. Jan las conocía muy bien.

—¡Judith, se acercan transhumanos! —susurró con energía.

—¡Dios mío! —exclamó ella—. Nunca habían aparecido por aquí. Vienen a por ti. Será mejor que te escondas con *Lup* en la bodega. Yo los distraeré como pueda.

Lobo y dueño entraron dentro de la casa en el mismo momento en el que tres transhumanos salían de la espesura del bosque, a cien metros de la cabaña. Judith, con un acto reflejo, retiró unos metros la silla que había utilizado y se sentó en la de Jan, como si llevara allí media vida, ella sola, atareada con las cuerdas y los nudos.

Una vez dentro de la cabaña, Jan revisó su habitación para comprobar que no había nada a la vista que delatara su presencia y, posteriormente, abrió la trampilla de la bodega e indicó a *Lup* que bajara las escaleras. Cuando le tocó el turno, resbaló y rodó por los peldaños. No se hizo mucho daño, pero la herida del tobillo derecho, cicatrizada con piel todavía tierna, volvió a sangrar. Antes de resbalar había conseguido cerrar la trampilla. Estaba totalmente a oscuras. Intentó acomodarse en algún sitio de esa especie de trastero, pero con tan mala fortuna que se le cayó encima una antigua estantería metálica. Quedó atrapado entre la escalera y el mueble. El estruendo fue enorme. Por suerte, los transhumanos no habían entrado todavía en la cabaña. Pero no tardarían mucho en hacerlo. No había tiempo para evaluar nada. Se quedó agazapado e inmovilizado, no tanto por el peso de la estantería como por el miedo a producir un nuevo estruendo. Sentía a *Lup* a su lado.

En medio de un absoluto silencio, un ligero ruido se oyó en la bodega: Jan y *Lup* no estaban solos... A los perros les da miedo meterse en cuevas o túneles desconocidos. Hay que adiestrarlos para quitarles ese miedo. Con las ratas ocurre lo contrario: ven un hueco y se introducen en él de cabeza...

Entretanto, Judith saludó y atendió con amabilidad a los visitantes. Le contaron que hacía unos meses se les había escapado un tipo peligroso: un disidente propagador del odio y desestabilizador del orden social. Lo habían dado por muerto, pero, posteriormente, sus superiores les habían ordenado –muy a su pesar– que acudieran a las cabañas de la zona para asegurarse del todo. Habían venido corriendo desde Lledabás, una ciudad situada a cinco kilómetros al oeste de la salida norte de la reserva de lobos. Por tanto, habían cubierto en pocas horas una distancia de cincuenta y cinco kilómetros gracias a la fuerza adicional de sus piernas artificiales.

–En la reserva no está permitida la tecnología, salvo la que uno lleve integrada en su cuerpo, ja, ja, ja –comentó, con poca gracia, uno de ellos, el que hacía de jefe.

Judith se dio cuenta de que no esperaban encontrar a nadie, que solo estaban allí para cumplir el expediente. Además, cada dos frases, alguno de ellos expresaba una especie de miedo supersticioso por los lobos. No les cabía en la cabeza que el fugitivo hubiera podido sobrevivir una sola noche en compañía de esos animales.

—Tengo entendido que las bestias de esta zona son tan agresivas que son capaces de arrancarte la cabeza a dentelladas —comentó uno de ellos, el de menor rango.

—Eso si quieren hacerte un favor...; los lobos prefieren devorar vivas a sus presas, a base de pequeños mordiscos —respondió Judith para añadir dramatismo y reírse interiormente de los visitantes. Luego, para mostrarles que no tenía nada que ocultar, los invitó a entrar con ironía—: Si queréis, pasad dentro de la cabaña y os daré algo de comer para que recuperéis las fuerzas. Así, de paso, podréis conocer a todos los fugitivos que han sobrevivido a los lobos en los últimos meses y que tengo bien escondidos.

Los convidados rieron la «broma» y aceptaron con agrado el ofrecimiento de la chica. Enseguida se relajaron y tomaron confianza. Entraron, se acomodaron, y Judith empezó a ofrecerles embutidos, queso, cerveza y pan casero. Con un movimiento instintivo, los tres se presionaron la parte de atrás de la oreja izquierda y, al unísono, corearon:

—¡Vivan los inhibidores!

Como lobos hambrientos, empezaron a comer de manera desaforada. Ni siquiera hacían el esfuerzo de cerrar la boca mientras masticaban. Judith observó que la mayoría de sus piezas dentales habían sido reemplazadas por implantes. La cerveza les gustó mucho y se pusieron contentos. El jefe fue el primero en introducir comentarios groseros en la conversación. Nada más verla, se había percatado de la gran belleza de Judith. Los otros dos también estaban encandilados con la chica.

—Se está haciendo de noche y estamos cansados. Deberíamos

quedarnos a dormir aquí para protegernos de los lobos –propuso el jefe.

El de menor rango aplaudió la idea y preguntó a quién le tocaría compartir la alcoba con la chica. Judith se puso tensa. El jefe dejó claro que ese privilegio le correspondía a él. Los otros dos lanzaron una risotada y aplaudieron la idea, añadiendo que ellos también esperaban recibir algo. Judith ignoró la alusión y les dijo que, si se marchaban pronto, antes de la medianoche podrían alcanzar una cabaña de leñador desocupada, a veinte kilómetros de allí. Los transhumanos dejaron claro que no estaban dispuestos a adentrarse en un bosque repleto de lobos tras la puesta del sol. Se iban a quedar en la cabaña, era innegociable.

Mientras la conversación subía de tono en la mesa del comedor, algo más grave sucedía justo debajo, en la bodega. Motivada por el estruendo provocado por la caída de la estantería, una rata había salido de su escondrijo y ahora exploraba, olfateando, el suelo de la bodega. Su nariz la orientó hacia un reguero de sangre recién formado. Era la que goteaba de la herida reabierta de Jan. La rata lamió la sangre del suelo y de allí se dirigió en busca de su origen. Sin pensárselo dos veces, se introdujo dentro del pantalón del chico y empezó a trepar. Este notó el cosquilleo de la rata subiendo por su tobillo. Agitó bruscamente la pierna para tratar de librarse de aquello que se movía. Lo único que consiguió fue provocar un nuevo ruido metálico.

Se quedó inmóvil y con miedo de haberse delatado.

Uno de los transhumanos oyó algo y lo compartió con el resto. El jefe clavó la mirada en Judith, tratando de leer su rostro. La chica disimuló a la perfección y comentó que los ruidos eran normales en las cabañas de bosque; casi todos los días tenía que vérselas con ratoncitos que merodeaban por aquí y por allá. Los tres se dieron por satisfechos con esta respuesta, pero Judith pensó que tenía que hilvanar una estratagema. Ya que no podía convencerlos de que se fueran, decidió seguirles la corriente. Disimuló una radiante alegría y les dijo:

–Puesto que vais a pasar la noche conmigo, habrá que celebrarlo con una buena cena.

Sacó toda la cerveza que tenía en la despensa, más tres botellas de vino y abundante comida. Llenó las jarras y los invitó a brindar por turnos. Ellos entraron al trapo como niños y empezaron, uno tras otro, a levantarse y a proferir discursos ininteligibles, acompañados de frecuentes «¡Vivan los inhibidores!, ¡Hurra por los IAI!». Entre brindis y brindis, vaciaban las jarras de cerveza en sus negras gargantas.

La rata seguía con su propósito. Cuando ya hubo lamido toda la sangre, se lanzó a morder. Jan gimió y se estremeció de dolor, pero aguantó la posición como pudo. Sus lamentos, al principio totalmente reprimidos, empezaron a ser audibles. Esta vez fue Judith la única que los oyó, sin saber lo que estaba ocurriendo bajo sus pies. Por suerte, los transhumanos estaban todavía entretenidos con los brindis secuenciales. Judith empezó a alabarlos en voz alta para que siguieran brindando y les rellenó las jarras mientras se disculpaba un momento.

Subió rápido a la habitación haciendo todo el estruendo que pudo en la escalera y, en pocos instantes, se cambió de ropa: se puso un vestido rojo que tenía en su armario, guardado desde hacía cuatro años, cuando había celebrado una fiesta con su marido y unos amigos en la cabaña. Luego se soltó el pelo y se puso unos pendientes largos y un collar que guardaba en el tocador. Terminó la operación calzándose unos zapatos de tacón a juego con el vestido y espolvoreándose un poco de perfume, cosa que no solía hacer salvo en contadas ocasiones. Salió de la habitación y empezó a bajar las escaleras.

Los tres de abajo estaban cada vez más bebidos, pero con los sentidos suficientemente despiertos como para extasiarse con esa venus que ahora descendía por la escalera. La hermosura de Judith era especialmente atractiva porque sus líneas eran totalmente naturales –en algunos puntos algo regordetas–, mantenidas sin el uso de los IAI. Además, ese elegante vestido rojo, largo, bien ajustado en su cintura, sin escote y con mangas cortas que dejaban buena parte de sus carnosos brazos totalmente al descubierto, potenciaba enormemente el atractivo de su rostro.

Judith lo había calculado bien. Cuando el jefe la vio, quedó totalmente seducido y ordenó a sus dos lacayos que salieran a vigilar los alrededores de la cabaña y lo dejaran solo con la chica. Obedecieron de mala gana, porque también se les había despertado el apetito sexual; además, la oscuridad de la noche les recordaba el temor a los lobos, pero no les quedaba otra opción que obedecer. Salieron perjurando, roídos por la envidia, con la esperanza de que su jefe les dejase disfrutar de su víctima.

Una vez solo, el jefe se acercó, completamente desinhibido, a Judith y la tomó por los hombros. Esta reaccionó con suave energía y dijo, mientras le retiraba las manos:

–¡Espera un momento, guapetón! Que apenas me habéis dejado beber. –Y llenó de nuevo la jarra del jefe y la suya propia.

–¡De acuerdo, guapetona! –dijo el jefe, mientras vaciaba la jarra en su garganta, sin apartar sus lujuriosos ojos del rostro de la chica.

Judith improvisó un brindis en voz alta para tratar de anular cualquier ruido proveniente de la bodega. Luego hizo brindar al jefe y le pidió que le cantara una canción. Este accedió y obedeció como un corderito.

Mientras Judith se las ingeniaba para distraer al transhumano, abajo, Jan seguía luchando con la rata. Con la ayuda de la otra pierna intentó apretujarla y liberarse de ella, pero consiguió lo contrario: la rata se enfureció. Los lamentos de Jan eran cada vez más intensos. *Lup* estaba desconcertado. Sabía que su amo sufría, pero no veía la causa. Empezó a inquietarse y a lamer convulsivamente el rostro de Jan, gimiendo y tratando de solidarizarse con su dolor. Llegó un momento en el que Jan no pudo más y, con un movimiento brusco, aplastó con su talón izquierdo la cabeza de la rata, provocando un gran escándalo.

Arriba, el jefe se sobresaltó al oír el estruendo y, lleno de ira, exclamó:

–¡Maldita zorra! ¡Te piensas que soy tonto! –Y lanzó a Judith por el suelo con un fuerte bofetón.

Como un rayo, se dirigió hacia el origen del ruido. Descubrió el acceso a la bodega. Desenfundó su pistola y, cuando se disponía a abrir la trampilla, un frío filo metálico seccionó limpiamente su cabeza. Judith apareció detrás de él, sosteniendo en sus manos la espada medieval ensangrentada.

Lo que sucedió a continuación fue tan rápido que se hace difícil de creer. Judith abrió la trampilla y comprobó que Jan volvía a tener la situación controlada. Luego tomó una cortina y envolvió con ella la sangrante cabeza del jefe. Llamó a *Lup* y le ordenó «Toma». El lobezno sujetó con fuerza el bulto. La chica abrió la puerta de la cabaña, vio dónde estaban los dos compañeros del jefe y, señalándolos con el dedo, dio a *Lup* la orden de «Ir». El animal se lanzó hacia ellos como una exhalación. Cuando ya casi los alcanzaba, se oyó una poderosa voz femenina que ordenaba: «Para, suelta, gruñe». *Lup* frenó en seco y dejó caer el bulto que llevaba entre sus fauces, que rodó por el suelo hasta pararse: la cabeza del jefe transhumano emergió de la cortina y quedó en posición fija, con la fúnebre mirada apuntando a sus antiguos compañeros. Casi murieron del susto: un lobo gruñendo, una cabeza cortada y su jefe muerto. Todo parecía confirmar sus supersticiosos temores. Sin pensarlo dos veces, se dieron a la fuga en dirección a Lledabás, con la idea de alertar desde allí a las autoridades. Para colmo de esos infelices, era noche de luna llena.

Una vez liberados del peligro, Jan contó a la chica su forcejeo con la rata, que ahora yacía, también decapitada –con el cráneo aplastado–, en una esquina de la bodega. Judith volvió a tirar de sus conocimientos de veterinaria para curar la herida. Pero escaseaba el tiempo; los transhumanos corrían rápido y pronto llegarían a Lledabás. La cabaña ya no era lugar seguro para ninguno de los dos. En pocos minutos, Judith se vistió con el mono de trabajo y volvió a hacerse la coleta; luego, llenaron dos mochilas con lo que necesitarían para su futuro más inmediato, aunque cada cual debería seguir su camino.

Tras cargarse su equipaje, Judith roció con gasolina la escalera de madera y algunos muebles de la sala de estar. Salió afuera y depositó sus esquíes en la nieve, a pocos metros de la entrada. Recogió la cabeza del degollado, la envolvió de nuevo en la cortina y fue a dejarla dentro, junto a su antiguo propietario. Por último, dejó caer al suelo su brazalete localizador, roció con más gasolina el cadáver y le prendió fuego; enseguida se propagaron las llamas por la escalera. Miró a Jan con complicidad y ambos se alejaron corriendo.

Hacía una excelente noche invernal. La luminosidad era casi total: plenilunio, cielo sin nubes, nieve reflectante por todas partes, y ahora se sumaba el sonoro resplandor de las llamas que ya asomaban por todas las ventanas de la cabaña, devorándolo todo: escalera, biblioteca... El conjunto ofrecía un espectáculo dantesco, capaz de remover los hilos más sensibles de los afectos humanos.

El bramido del incendio era cada vez mayor. La chica indicó en voz alta a Jan cómo llegar a la vieja cabaña de leñadores –la misma de la que les había hablado a los transhumanos antes de la cena–, que estaba dotada de leña y de una pequeña chimenea: allí podría pasar una noche mínimamente confortable. Ella regresaría esquiando a Naturalia, haciendo escala en otra cabaña de leñadores situada a mitad de camino.

Llegaba el momento de la despedida definitiva. Jan estaba admirado de la valentía, decisión y rapidez con las que Judith lo había resuelto todo. Nunca había conocido a una mujer así. En su interior sentía una fuerte resistencia a la separación, pero era inevitable. Judith le deseó buena suerte, se despidió de él dándole un beso en cada mejilla, se calzó los esquíes y se marchó deslizándose con maestría. Cuando se había alejado unos veinte metros, Jan la llamó a gritos. Ella se paró y volvió el rostro. Entonces él, emocionado, expresó una dolorosa disculpa:

–¡Por mi culpa te va a cambiar la vida! Con todo lo que ha pasado esta noche, ya no podrás dejarte ver a la luz del día. Lo siento con toda mi alma. Perdóname.

–No te preocupes –terció Judith–, intuía que, tarde o temprano, Gula terminaría afectándome a mí también; llevo tiempo preparándome para algo así.

–¿Crees que tu marido me lo perdonará algún día? –añadió Jan.

–No tengo marido. Enviudé al año siguiente de casarnos; él murió a causa de un cáncer de colon que se lo llevó por delante en apenas seis meses.

–¡¿Cómo?!, ¡eso no me lo dijiste! –exclamó con sorpresa Jan, disimulando al máximo su alegría.

–Tampoco me lo preguntaste... –contestó Judith, con esa dulce sonrisa que tanto la caracterizaba, al tiempo que se giraba y reemprendía la marcha.

Jan se quedó mirándola hasta que la perdió de vista. Una mezcla de alegría y tristeza se anudó en su corazón. De improviso, sin poder refrenarse, se puso las manos alrededor de la boca y vociferó con todas sus fuerzas un deseo imposible:

–¡Judith, vente conmigo!

El eco de sus palabras retumbó por los montes cercanos.

Ese alarido paralizó a la chica, que escuchó nítidamente el mensaje. Permaneció estática unos segundos y luego pronunció para sí: «Te volveré a ver». Después, continuó esquiando ladera abajo.

Jan ya no tenía más margen de tiempo para la melancolía; él y *Lup* debían alcanzar la cabaña de leñadores antes de que la noche llegara a su cénit. Además, su amigo Pedro Sorní lo esperaba cerca de la salida norte de la reserva de lobos, a unos cincuenta kilómetros de allí, dentro de la gran reserva natural que ocupaba una extensión de cientos de miles de hectáreas. Como la fuga de Jan desde Cinobar preveía una etapa inicial indeterminada, ambos habían convenido encontrarse en un lugar bien conocido por los dos, en un plazo máximo de nueve meses. Si Jan no llegaba en ese tiempo, Pedro daría la operación por cancelada. Ya habían pasado más de siete meses, y no era cuestión de agotar el plazo.

Pedro era de esas personas que, aun siendo de temperamento extrovertido, disfrutan viviendo solas en la naturaleza. Era un montañero experto; a los doce años, sus padres lo inscribieron en un club donde aprendió las técnicas de supervivencia imprescindibles para sobrevivir en cualquier tipo de entorno natural.

7

Tres días después de que Judith decapitara al jefe de los transhumanos, Jan cruzó la valla norte de la reserva de lobos y llegó al lugar convenido con Pedro. Emitió los silbidos acordados. *Lup* seguía a su lado, más fiel que nunca. Pasó un buen rato sin que ninguno de los dos detectara la presencia de nadie. Jan se disponía a marcharse en busca de un lugar adecuado para pasar el resto del día y la noche, pero justo cuando se agachaba para recoger su mochila, *Lup* empezó a gruñir. Jan oyó unos pasos a su espalda y, sin darse la vuelta, exclamó:

–¡Por fin das señales de vida, Pedro! ¿Dónde demonios estabas?

–¿Cómo me has reconocido? –se sorprendió este–. ¿Acaso tienes ojos en la espalda?

–No es cuestión de ojos, sino de oído –explicó alegremente Jan, sin darle demasiada importancia.

Luego, los dos amigos se dieron un fuerte abrazo. Aunque no lo manifestaron con fogosidad, ambos se alegraron mucho por el reencuentro. Se conocían bien, se querían y bastaban pocos gestos para expresar «¡Qué bien tenerte como amigo!, ¡qué bueno que existas!».

Pedro era abogado de profesión, tenía dos años más que Jan y vestía –con gusto– ropa técnica de alta calidad. Era alto y de espalda ancha, tenía ojos oscuros y pelo abultado y rizado; a diferencia de Jan, le gustaba dejarse crecer la barba.

Lup bajó la guardia cuando percibió que su amo trataba con naturalidad a Pedro y pronto se dejó acariciar por el nuevo compañero.

Pedro mostró a Jan su vivienda de los últimos siete meses. Se trataba de un gran zarzal situado a pocos metros del lugar del encuentro. Parecía un sitio inexpugnable, pero Pedro levantó con cuidado un brazo del arbusto y allí apareció una galería que se perdía en el interior del espino. Era un pasillo de medio metro de altura, construido a base de marcos de tres sencillos palos: dos hacían de postes y acababan en forma de uve, y el tercero era un travesaño apoyado en las intersecciones de los palos verticales. Gracias a estos marcos, que se sucedían cada metro aproximadamente, se podía circular a gatas. Se tenía la impresión de estar en una mina bajo tierra. De vez en cuando, la galería se bifurcaba y conducía a diversas estancias. Como el suelo era arenoso, se hacía fácil arrastrarse por allí. *Lup* estaba encantado en ese entorno: podía desplazarse a gran velocidad por esos pasillos; parecían diseñados para su tamaño. Cuando llegaron a la estancia más amplia y de techo más alto, en el corazón del arbusto, Pedro dijo:

–Gracias a este refugio he pasado desapercibido todo este tiempo. Solo tiene dos problemas: cuando llueve intensamente, es todo goteras. Pero he impermeabilizado la estancia en la que suelo dormir; y he preparado otra para ti. El otro problema son los insectos: parece que a los mosquitos les encanta este zarzal en verano; y por aquí corretean todo tipo de bichos, incluso en invierno. Por eso me suelo embadurnar con sustancias repelentes de origen vegetal, que por lo que veo también me han hecho «transparente» al olfato de tu lobo. Aunque el mérito también se lo debo al viento, que hoy me venía de cara.

–Sí, sobre todo a esto último –apostilló Jan–. A *Lup* no es fácil engañarlo en cuestión de olores. Has tenido suerte.

–En varias ocasiones he tenido visitas y nunca me han detectado –continuó Pedro–. Hace pocos días cruzaron por aquí tres transhumanos a toda velocidad. Por fortuna, pude oírlos a distancia y me escondí. La noche de ese mismo día regresaron. Pasaron como una exhalación, aunque me parece que solo eran dos.

–Sí, te lo confirmo –intervino Jan–. Al tercero ya no tendrás ocasión de conocerlo.

–¿Qué le ha pasado?

–Si te lo cuento, no te lo vas a creer –respondió Jan, poniendo cara de misterio.

–Intuyo que te han sucedido cosas interesantes en estos últimos meses. Cuéntamelo todo, por favor –pidió Pedro con interés, mientras buscaba una postura cómoda para escuchar a su amigo.

Charlaron largamente esa tarde, compartiendo vivencias y gozando de esa especial comunión de espíritus que los unía. El capítulo del encuentro con Judith fue el más relevante. Jan hizo una descripción tan viva de esa dama que a Pedro le pareció conocerla desde siempre. Cuando hablaba de ella, los ojos se le ponían brillantes.

Una vez repasadas sus últimas experiencias, abordaron el tema de Gula y su proyecto de contrarrevolución: Jan llevaba tiempo diseñando la estrategia; todo había sido pensado hasta el último detalle. El objetivo era sencillo y complejo al mismo tiempo. Tenían que desplazarse hasta la ciudad de Nois, situada al este, a unos mil kilómetros de distancia, justo donde terminaba la gran reserva natural. Tendrían que resolver dos problemas: convenía llegar allí antes de mayo –fecha límite que Jan había concretado con sus otros compañeros de contrarrevolución– y, después, introducirse en Nois sin que Jan fuese detectado por las infinitas cámaras que poblaban todos los rincones de la ciudad. Pedro no tendría necesidad de esconderse, ya que, por el momento, su nombre no figuraba en la lista de los trasgresores del orden social.

Agotado el tema de la contrarrevolución, Pedro contó las exploraciones que había hecho durante sus meses de espera. Los primeros cien kilómetros no presentarían ningún inconveniente: conocía la ruta más rápida. Luego deberían moverse por intuición, atravesando una extensa llanura hasta alcanzar la zona más oriental, con una cordillera de altas cumbres y rica en agua. Superada esta, toparían con la ciudad de Nois. La zona de la reserva que tenían por delante no presentaba peligro de animales. No había lobos, y los pocos osos que la poblaban eran inofensivos. En cambio, abundaban los caballos salvajes. Al llegar a este punto, Jan tuvo una idea:

–¿Y por qué no nos desplazamos a caballo?

–Te repito que se trata de animales salvajes. No conseguirás acercarte a menos de mil metros de ellos –contestó Pedro.

–Podríamos domar dos potros –añadió Jan.

–¿Sabrías hacerlo? –preguntó Pedro con cierta incredulidad.

–Algo de experiencia tengo, y he leído mucho sobre el tema, especialmente de un autor norteamericano –sentenció Jan con convicción.

–Me muero de ganas de verte en acción –concluyó Pedro con una sonrisa retadora.

–Muy bien, pero ahora durmamos –propuso Jan, dando un prolongado bostezo–, pues es tarde y mi caminata de hoy ha sido larga.

Se desplazaron a gatas hacia las salas impermeabilizadas, que además contaban con ropa de abrigo. Jan se introdujo en la suya, se quitó las botas y se acurrucó bajo un par de mantas; *Lup* se colocó a su lado y ambos cayeron dormidos enseguida. Jan, que era todo actividad por las mañanas, cuando anochecía solía entrar en lo que él llamaba «fase de depresión nocturna» y solo tenía fuerzas para meterse en la cama y confiar que la noche fuera reparadora.

8

El día siguiente amaneció soleado. Al despertar, Pedro vio entrar en el laberinto de espinos a Jan, que venía contento de su meditación matutina, acompañado de su fiel *Lup*.

Desayunaron juntos y se pusieron manos a la obra. Lo primero que tenían que hacer era capturar a dos caballos jóvenes; mejor yeguas. Escogieron un desfiladero y cerraron la salida con cuerdas. Luego fueron a buscar una manada. Una vez localizada, Jan y *Lup* fueron por un lado y Pedro por otro, creando un frente amplio con el que imprimir presión sobre los animales.

Ese día, Jan descubrió el gran potencial de *Lup*. Nada más divisar a los caballos, afloró su instinto cazador de forma prodigiosa. El lobo, que nunca antes había visto una yeguada, se puso en modo depredador: flexionó sus piernas delanteras, bajó la cabeza, apuntó las orejas hacia delante, fijó la mirada y avanzó sigilosamente hacia los caballos. En cuanto estuvo lo suficientemente cerca de ellos, se lanzó a la carrera y puso en movimiento controlado a todo el grupo. Jan lo dejó hacer: cualquier orden no habría hecho más que entorpecer el buen trabajo del lobo.

Pedro empezó a gritar para sumarse a la fiesta. A Jan no le hacía falta: su frente estaba bien resuelto gracias a *Lup*. Con paciencia, fueron moviendo al grupo de caballos en la dirección convenida.

Todo iba a las mil maravillas hasta que un macho tuvo la iniciativa de subirse a un pequeño cerro, desde el que se podía sortear el desfiladero. Enseguida, el resto de la manada empezó a imitarlo. Jan vio que su plan se iría al traste si no ponía remedio a esa «hemorragia». Reaccionó como un rayo y silbó con todas sus fuerzas a *Lup*. El lobo vio a su amo señalándole con el brazo totalmente extendido la cima del cerro. Este captó la señal al instante: dejó de atosigar a las yeguas que iban en la cola del grupo y allá que se fue, para cortar el paso al grupo de cabeza. En menos de cinco minutos, el lobo ya tenía la yeguada controlada de nuevo y la llevaba en dirección al desfiladero. Entre los tres, introdujeron a los animales en el collado, donde quedaron apelotonados.

Jan estaba eufórico del orgullo que sentía en ese momento por su lobo. Fue a buscarlo, lo alzó y le dio un buen abrazo mientras lo piropeaba. *Lup* jadeaba de felicidad.

Pasado un rato, los dos amigos inspeccionaron a los animales. Había unos setenta ejemplares, de todas las edades. Con ayuda de más cuerda, los cercaron por completo. Luego escogieron a dos yeguas jóvenes y les echaron el lazo para tenerlas más controladas. Una vez atadas, soltaron al resto.

Todo esto les llevó el día entero.

Por la noche, en el interior del gran zarzal, Jan empezó a describir con pasión la teoría de la doma natural equina:

—En síntesis, tienes que convertirte en la matriarca de la manada, es decir, en madre: adquirir el papel de la yegua adulta que educa a las jóvenes del grupo. Esto lo consigues haciendo girar al potro en un cercado, sin necesidad de atarlo. Basta que lo mires fijamente a los ojos para someterlo a presión y ponerlo en movimiento. Primero en un sentido y luego en el otro. De vez en cuando, con la ayuda de una cuerda corta, agitada a modo de látigo, haces cambiar de ritmo al animal: ahora andas, ahora trotas, ahora galopas, ahora vas más y más rápido... Al final de este proceso, el animal te suele pedir una tregua: baja la cabeza casi a ras de suelo y adquiere una actitud sumisa. Haces esto una y otra vez hasta que le permites parar, y entonces llega el momento más maravilloso: ¡el caballo se te acerca espontáneamente y te sigue, y se deja acariciar y levantar los pies! Una vez conseguido este vínculo afectivo, lo siguiente es que el animal se acostumbre a tu cercanía y a tus caricias, y tolere un peso sobre su espalda. El último paso consiste en ponerle una sencilla brida (sin bocado) y unas riendas, y subirse al animal para guiarlo en sus primeros pasos como caballo domado.

Pedro no daba crédito; le parecía todo demasiado simple e increíble al mismo tiempo. Jan no dejaba de repetir:

–Es sencillo, ¡funciona como las leyes de Newton!

–¡Ver para creer! Estoy ansioso por comprobar tu transformación en madre de las dos yeguas –intervino Pedro con cierto escepticismo.

Esa noche cayó una fuerte tormenta de aguanieve. Jan comprobó que la estancia que hacía de dormitorio no era tan impermeable como Pedro había dicho, pero sí lo suficiente para no quedar empapado. Volvió a amanecer con un sol claro de invierno. Los dos amigos se dirigieron al desfiladero con ganas de aventura. Allí estaban las dos yeguas, muy asustadas e inquietas.

Pedro improvisó un nuevo corral con cuerdas, a veinte pasos del cercado grande, y se llevó allí a una yegua con ayuda del lazo. Mientras, Jan fue preparando el terreno para poder convertirse en «madre». Lo primero que hizo fue drenar algunos de los charcos que se habían formado durante la tormenta nocturna, pues suelen provocar desconfianza en los caballos jóvenes. Luego se puso en medio del cercado y empezó a mover al animal tal como le había explicado a Pedro. Todo iba según el manual. Al cabo de veinte o treinta minutos, la primera yegua empezó a bajar la cabeza en señal de sumisión. Al final, la potra se le acercó, lo siguió y se dejó acariciar. «Ven con mamá», repetía constantemente Jan. Se sucedieron dos sesiones más de unos veinte minutos cada una, hasta conseguir la misma sumisión, seguimiento y caricias. Tras una hora larga de ejercicios, Jan dijo:

—Bien, ha llegado el momento de la verdad.

Embridó el animal y pidió a Pedro que le ayudara a subir con suavidad sobre el lomo de la joven yegua, al tiempo que la sujetaba por la brida y las riendas. Dicho y hecho: en pocos instantes, Jan ya estaba montado sobre el animal, que no mostraba ningún signo de intranquilidad.

—¿Lo ves? ¡Funciona! ¡Soy su «madre»! —exclamó Jan, mirando con orgullo de izquierda a derecha desde su nueva atalaya.

Entonces, pidió las riendas a Pedro y le dijo que abandonara el cercado. Con gran delicadeza, presionó las costillas del animal, que se movió unos pocos pasos. Jan acarició a su nueva amiga y le dirigió unas palabras de afecto. Volvió a clavar suavemente las piernas y entonces la yegua empezó a botar como una loca. Jan intentó mantener el equilibrio, pero salió despedido y cayó de bruces sobre una zona todavía encharcada. Rápidamente se puso de rodillas, con la cara llena de lodo; miró con odio al animal y dijo en voz alta, paladeando cada palabra:

–¡Maldita sea la madre que te parió!

–Ahora, ¿a qué madre te refieres? –preguntó Pedro, desde fuera del cercado, con sorna.

Jan le lanzó la misma mirada de odio que había dedicado poco antes a la yegua y, cuando se disponía a rebatirle, estalló en una carcajada contagiosa que arrancó de Pedro otra similar. Y así estuvieron un rato, riéndose y mirándose, sin pronunciar palabra. Luego, Jan tomó un poco de barro, lo arrojó con precisión a la cara de Pedro y exclamó:

–¡Toma impacto! Te lo mereces, por capullo. Ahora ya estamos en pie de igualdad.

–¡Ojo con esas palabrotas! –comentó alegremente Pedro, mientras se quitaba el barro de los ojos–, que aquí el único que tiene derecho a decir tacos soy yo. A ti, tus padres te educaron para que hablaras con corrección.

–Cierto…, pero recuerdo que una vez mi madre me dijo que en la vida hay situaciones en las que un buen taco vale más que mil palabras. Y esa yegua y tú os los habéis merecido. En fin, una buena cura de humildad. Habrá que volver a intentarlo con ese maldito animal.

La jornada volvió a ser intensa. Después de ese intento fallido, hubo otros más exitosos. La primera yegua terminó acostumbrándose al peso de Jan y se dejó guiar. Luego vino la segunda, y todo fue mucho más rápido. Jan había ganado experiencia y daba cada paso con mayor seguridad y a su debido tiempo.

El día terminó bien: a media tarde, por los alrededores de un gran zarzal, seguidos por un lobo, dos alegres jinetes paseaban montando a pelo sus yeguas.

Decidieron pasar el resto del invierno allí, antes de emprender el viaje hacia Nois. Así, yeguas y jinetes tendrían más tiempo para acostumbrarse a las largas marchas, y la travesía se llevaría a cabo en primavera, con un clima más favorable para dormir a la intemperie.

9

La vida transcurrió con tranquilidad para los dos amigos. Días cortos, noches largas y reparadoras, frío intenso y bien llevado; muchas horas de conversación y, en el caso de Jan, también de meditación. Durante las jornadas frías, además de la chaqueta vaquera, Jan vestía una gruesa camisa de leñador con varios bolsillos que le había prestado Pedro; en cuanto el sol apretaba, solía llevarla abierta, mostrando la sencilla camiseta de algodón que traía puesta desde Cinobar.

Los dos chicos se conocían desde la infancia –ambos se habían criado en Cinobar– y siempre se habían apreciado. No obstante, en cuestiones religiosas, pertenecían a orillas diferentes. Pedro era agnóstico. Había crecido en una familia culta, vitalista, sensual y descreída. Pronto se aficionó por la belleza y el placer, como buen epicúreo, y lo hizo con éxito porque estaba dotado de gran inteligencia e intuición: conseguía todo lo que se proponía.

En cambio, en lo referente a la revolución del hambre –Gula–, Pedro era un celoso converso. Al principio, tuvo una visión entre tolerante y positiva de la ideología: casaba con su sentido práctico y placentero de la vida. Todo empezó a cambiar cuando conoció a Inés, una mujer con fuerte personalidad y un poco alocada, que lo desarmó cuando le propuso casarse enseguida para tener hijos cuanto antes. Al principio, Pedro se resistió a esas prisas: «¡Para, para, mujer..., que casarse y parir son cuestiones serias!». Inés siempre le contestaba de la misma manera: «Anda, Pedrito..., que lo mejor que tenemos es el amor, y a renglón seguido viene la libertad, que está para gastarla en decisiones locas. ¡Si no la gastamos, se nos pudrirá!». Pedro siguió resistiéndose hasta que un día Inés le hizo la pregunta oportuna: «¿Sabes cuál es el mayor regalo que podríamos dar a nuestros futuros hijos?». Pedro respondió que ni idea, y ella contestó: «Nuestra juventud».

Pedro acabó claudicando: se casó con ella y, como bien afirmó un famoso autor británico, en una semana ella descubrió que él era una bestia egoísta, y él descubrió que ella era un ser malhumorado y sensible hasta la locura; y lo más divertido: a pesar de ser dos caracteres diametralmente opuestos, se complementaron y se quisieron. Tuvieron dos hijos pronto, según lo planeado. La paternidad despertó en Pedro una responsabilidad nueva, algo que no había experimentado durante su frívola juventud. Curiosamente, no quería trasladar su hedonismo a sus hijos; para ellos aspiraba a algo distinto, algo mejor.

Cuando su hijo mayor tenía tres años y el pequeño apenas nueve meses, vivió una experiencia que lo marcó profundamente. Una mañana de domingo, Inés le pidió que llevara unas cosas a casa de unos amigos que estaban de viaje y habían dejado solo a su hijo de dieciséis años. Lo que vio al entrar en esa casa no conseguiría borrarlo de sus recuerdos, por mucho que lo intentase. No tuvo que llamar a la puerta; se la encontró medio abierta. El interior de la casa hedía a más no poder. La noche anterior había habido una fiesta. En la sala de estar dormían, profundamente borrachos, cinco chicos de entre trece y dieciséis años. Había restos de comida por todas partes. Los tres baños tenían abundantes salpicaduras de heces diarreicas, algunas mezcladas con sangre. Todo apuntaba a lo mismo: era como pasearse por un campo de batalla después de una gran guerra; pero la batalla que allí se había librado solo tenía un nombre: bacanal. Esos chicos habían estado comiendo y bebiendo sin mesura durante la tarde anterior y buena parte de la noche. Y se notaba que no era la primera vez que lo hacían, puesto que la sangre en las heces aparece cuando ya ha anidado el vicio de la gula.

Pedro se entristeció mucho. Sabía que las bacanales se estaban extendiendo, pero no se imaginaba que gente tan joven arruinara sus vidas de esa manera. Pensó en sus hijos. A partir de entonces empezó un proceso de cambio interior que concluyó en el rechazo frontal de todos los principios que sustentaban la ideología Gula. Lo que en un tiempo le había parecido un progreso controlable y noble, ahora lo veía como material altamente inflamable: no era posible controlar esa caja de pandora una vez liberada la energía que contenía.

La experiencia de la bacanal lo llevó a tomar partido. Convenció a su mujer y empezaron a preparar a sus hijos para lo que se les avecinaba. Esta tarea común los unió mucho como pareja y ambos experimentaron sus mejores años de relación: se hicieron amigos.

Después, todo se cortó de manera repentina.

Un día recibió una llamada desde el hospital: su mujer y sus dos hijos habían muerto atropellados por una persona borracha que salía de una bacanal. Es difícil describir su dolor en aquel momento: su alma quedó perforada. Aunque sus padres vivían, Pedro sintió que se había quedado totalmente solo en un mundo carente de sentido.

Un mes más tarde seguía lacerado por dentro, pero con algo más de energía para buscar respuestas. Su padre tenía un buen amigo que había sido un eminente científico, con cientos de publicaciones en revistas de impacto y multitud de premios y reconocimientos. Estaba ya jubilado, pero para él seguía siendo el prototipo de hombre sabio. Fue a verlo un día y mantuvieron una larga conversación. Abrió con total trasparencia su alma y desembuchó lo que lo carcomía por dentro. Le planteó muchas preguntas que se reducían a una sola: ¿qué sentido tenía lo que le había pasado? El científico lo escuchó con atención y afecto. Al final, concluyó con una frase que a Pedro le pareció enigmática: «No le pidas a la ciencia lo que no puede dar». Pedro solicitó aclaraciones y la respuesta fue la misma.

Ese día, Pedro dejó de ser ateo y se convirtió en un perfecto agnóstico. Le había quedado claro que en un laboratorio no se podía demostrar la existencia de Dios ni tampoco negarla, y que en la ciencia no encontraría las respuestas a sus preguntas fundamentales. De golpe y porrazo, abandonó su fe en el ateísmo.

Estando en el zarzal, en una de esas conversaciones de invierno que tanto los enganchaban, Pedro declaró:

—Soy agnóstico porque soy prudente. Tanto apostar por Dios como rechazarlo suponen dar un salto al vacío. Ante tal dilema, prefiero esperar y seguir buscando. Esta espera me da oxígeno. Pero mantengo la espera con dignidad, sin acudir a los astros ni a las cartas, que no quiero que me apliquen aquello de que «cuando no se cree en Dios enseguida se cree en cualquier cosa».

—El agnosticismo es imposible de practicar —lo pinchó Jan.

–¿Ah, sí?, ¿por qué? A mí me parece que es la opción más humilde y menos dogmática –se defendió Pedro.

–Porque en la práctica solo caben dos opciones: vivir como si Dios existiera, lo que supone un cambio radical de vida, o vivir como un pagano –sentenció Jan.

–Ja, ja, ja... Pues no te falta razón, porque la mayoría de los días vivo como un perfecto pagano –respondió Pedro, después de haber meditado unos instantes las palabras de su amigo. Y añadió–: Puestos a filosofar, te recomiendo que lleves más lejos tu argumentación: pienso que el ateísmo también es una opción imposible de practicar.

–Interesante... A ver cómo lo justificas –repuso Jan, cambiando su postura sobre la arena del interior del zarzal para poder escuchar con mayor interés.

–Es sencillo. Todos los humanos estamos desquiciados; anhelamos una felicidad que no somos capaces de darnos; necesitamos buscarla fuera de nosotros mismos. No somos autárquicos; somos unos miserables indigentes. Necesitamos doblar las rodillas y adorar algo o a alguien que nos sacie y nos equilibre por dentro. En la práctica, todos somos adoradores; todos somos religiosos; todos somos creyentes: de un becerro o de un Dios. Yo, más bien, de varios becerritos al mismo tiempo, ja, ja, ja.

–¡Bravo! Te compro el argumento –respondió Jan entusiasmado. Luego añadió–: ¿Sabes por qué me gusta tanto hablar con agnósticos como tú?

–No.

–Porque sabéis captar cosas que los creyentes no vemos por demasiado evidentes.

–Gracias por el cumplido, Jan. Te lo voy a pagar con una confidencia que nunca antes he compartido. Pensarás que estoy loco, pero si el Dios que dices que existe se me apareciera y me preguntara si estaría dispuesto a revivir la historia de mi mujer e hijos, le contestaría que sí, mil veces. Considero que mi dolor actual es superado con creces por el amor que sentí. No sé, es como si este sufrimiento me demostrara a diario que amar con locura es lo único grande que he hecho en mi pobre vida.

Después de estas palabras, Pedro enmudeció de emoción. Entonces, Jan, para disimular sus propios sentimientos, le gastó una broma:

–Te responderé al estilo ateniense: «Otro día te oiré hablar sobre esto»; ahora, vámonos a dormir, es muy tarde.

Entre charlas, sonrisas y lágrimas, a los dos amigos se les hicieron muy breves las largas noches de invierno. Transcurrieron algo más de dos meses.

10

En cuanto aparecieron los primeros signos primaverales, Jan y Pedro emprendieron la marcha. Las yeguas se habían adaptado perfectamente a sus jinetes. Viajar a lomos de caballería les permitiría triplicar la distancia diaria y trasportar pesadas mochilas repletas de lo más variopinto, gracias a la previsión que tuvo Pedro al salir de Cinobar: material de caza y pesca, varias mantas, ponchos impermeables para la lluvia, alambre, mecheros, navajas, brújula, trapos, sal, abundante cuerda y algunas mudas de recambio. En poco más de un mes alcanzarían su objetivo: Nois.

Las jornadas de marcha se sucedieron con el mismo esquema. Se levantaban con las primeras luces del alba. Tras un ligero desayuno, empezaban a cabalgar. Paraban al mediodía en alguna zona generosa en agua y hierba para que los caballos descansaran y pastaran tranquilamente. Ellos también comían algo, limpiaban sus ropas –que dejaban secar al sol– y después se quedaban adormilados por espacio de una hora. Luego seguían cabalgando hasta casi el anochecer. Dormían al raso. El mejor momento del día era la cena. Encendían un fuego y preparaban comida caliente, que compartían con *Lup*. Un día a la semana, dedicaban media jornada a cazar, pescar, ahumar, sazonar y recolectar frutos del bosque: preparaban la comida para los siguientes días; la otra media jornada la pasaban descansando.

En una de esas primeras noches al aire libre, Pedro se fijó en un detalle que le había pasado inadvertido hasta entonces. Antes de envolverse en su manta, Jan se quitó las botas y las dejó junto a las brasas del fuego. Su amigo se quedó un rato mirándolas y descubrió que tenían una extraña hendidura en la punta y en el talón. Pensó en preguntarle por ello al día siguiente, pero luego se olvidó por completo.

Pedro era muy dado a los refranes y frases redondas. Y no le importaba repetirse. Siempre encabezaba sus sentencias con un «Ya te digo» que les daba un toque personal. Esos días, mientras preparaba el fuego, solía decir: «Ya te digo... El fuego y el mar son lo que el hombre nunca se cansa de mirar». Para los dos amigos el fuego era, además de belleza natural, el gran inductor de largas sobremesas. Les gustaba reflexionar en voz alta, tratando de arreglar el mundo entero: a veces, incluso tenían la sensación de que lo habían conseguido; pero la mayoría de las noches concluían que todavía quedaba mucho por hacer. Lo de menos era eso. Lo importante era que ambos continuaban soñando despiertos por un mundo mejor.

En estos coloquios nocturnos la temática que más los absorbía seguía siendo la reacción a Gula: la contrarrevolución del hambre. Pedro había meditado mucho sobre ella durante sus meses de soledad. Le parecía curioso el escándalo que había provocado Jan en Cinobar, con tan pocos medios. No terminaba de comprender cómo una sociedad occidental y democrática había reaccionado con tanta virulencia contra su amigo, y decidió lanzar la pregunta clave:

—¿Cuándo te percataste de que iban a ir a por ti?

—Cuando apareció la cuestión de la antropofagia. La evité tanto cuanto pude, porque no es lo esencial; yo siempre puse el foco de mi discurso en el error de partida: los IAI. Pero los ideólogos de Gula no cejaron en su esfuerzo hasta que me pusieron contra las cuerdas y tuve que posicionarme respecto a la antropofagia. Por coherencia, me opuse a ella, aunque lo hice muy discretamente, y solo fue en una ocasión. La reacción no se hizo esperar. El colectivo de los antropófagos estalló escandalizado y arremetió airado contra mi persona. En ese momento, los promotores de los inhibidores ya tenían un pretexto: mis ideas podían considerarse racistas, socialmente peligrosas e ilegales. Podían perseguirme.

—¿Y por qué decidiste empezar la contrarrevolución en Nois y no en Cinobar? —siguió indagando Pedro.

—Cinobar es la ciudad creativa por excelencia, pero el poder está en Nois: si queremos dar fuerza a nuestro movimiento, hay que iniciarlo allí.

Por el momento, la curiosidad de Pedro quedó satisfecha con estas respuestas.

Los días finales de marzo y primeros de abril fueron sucediéndose. Los jinetes avanzaban a buen ritmo, atravesando la gran planicie que conducía a la zona húmeda y montañosa más cercana a Nois. *Lup* los seguía alegre y, esporádicamente, cuando se le cruzaba por delante algún conejo o corzo, lo perdían de vista un buen rato. Siempre terminaba por regresar junto a su amo, que por mucho que lo intentaba no conseguía quitarle la obsesión por la caza.

Al mediodía, durante el tiempo de descanso, Pedro solía dormir a pierna suelta, acompañando su sueño con suaves ronquidos. En cambio, a Jan lo entretenía dejar divagar su mente durante esos ratos. El intenso olor a campo en medio de una quietud total activaba su imaginación. Aprovechaba entonces para mirar al futuro y repasar meticulosamente los siguientes pasos que debería dar para cumplir su misión. Su mente de estratega no conocía el reposo. Cada hito conseguido lo estimulaba a pensar en ulteriores conquistas. También miraba al pasado y automáticamente aparecía con fuerza la figura de Judith. Recordar ese nombre le proporcionaba consuelo.

En su adolescencia y primera juventud, Jan había tratado a muchas chicas. Había experimentado el atractivo físico de la belleza femenina; incluso llegó a tener una medionovia. Pero también había sufrido el lado oscuro de las mujeres: esa complejidad absorbente de alguna de sus amigas lo había dejado abrumado. Era consciente, porque practicaba la introspección, de que tampoco él era un dechado de virtudes: su temperamento tímido y autosuficiente era caldo de cultivo para que su egoísmo buscara protegerse de todo control ajeno. Pero la experiencia con Judith había sido radicalmente distinta: esa sublime feminidad era algo arrebatador que él no poseía y que sentía que lo completaba.

Además, Judith tenía un no sé qué misterioso para él. Esa audacia para cortar la cabeza del enemigo, esa decisión radical para quemar las naves y empezar una nueva vida, esa intuición para comprender mejor que él todo lo que suponía Gula... Pero, por encima de todo, Jan no dejaba de meditar sobre uno de sus últimos comentarios: «Intuía que, tarde o temprano, Gula terminaría afectándome también a mí; llevo tiempo preparándome para algo así». Siempre que llegaba a este punto, sentía el profundo anhelo de volver a encontrarse con Judith y recordaba aquellas palabras sagradas memorizadas en su adolescencia: «De un confín al otro de la tierra no hay mujer como esta, por la hermosura de su rostro y la sensatez de sus palabras».

Esos eran sus pensamientos durante el día. En cambio, algunas noches, Jan tenía sueños intensos: a veces reía, otras, hablaba en voz baja, y muchas veces lloraba. No sollozaba nunca, solo dejaba escapar de sus grandes ojos gruesas gotas que resbalaban por sus mejillas. Siempre que sucedía esto, *Lup* lo detectaba, se le acercaba y se acurrucaba junto a su amo. Jan se dejaba querer y lo acariciaba inconscientemente. En las primeras noches, Pedro no percibió nada extraño. Pero los movimientos de *Lup* terminaron por alertarlo y, entonces, también él se percató de las lágrimas nocturnas de su amigo. Se lo guardó para sí, pero un día, cuando llevaban más de cinco semanas cabalgando y se acercaban a su destino, le preguntó:

–Jan, ¿por qué lloras por las noches?

–No eres el primero que me lo pregunta. No me doy cuenta. Supongo que es porque algunos sueños me producen emoción.

–¿Qué tipo de sueños? –inquirió Pedro intrigado.

–En la última temporada hay tres sueños que me tienen subyugado. Son cuestiones que me gustaría resolver y parece que en sueños me llegan las respuestas. Por eso debo de llorar, por pura emoción al resolver los enigmas.

–¿Qué cuestiones? –siguió indagando Pedro.

–El primer sueño versa sobre una cuestión física; el segundo, sobre una biológica; y el tercero, sobre una tecnológica. Ya ves que los filósofos le damos a todo.

–Pues dispara: empieza por el sueño físico –le pidió Pedro.

–¿Estás seguro? Te voy a aburrir.

–Por favor.

–Bien. Vamos allá. En ese sueño asisto a la conferencia de un científico que surge de las sombras y, poco a poco, se vuelve claro, como iluminado por un foco: cara radiante, pelo totalmente desordenado y canoso... Empieza a hablar: «Habéis aprendido que en la naturaleza existen cuatro grandes fuerzas: la electromagnética, la nuclear fuerte, la nuclear débil y la gravitatoria. Y por lo visto se ha encontrado una "teoría del todo" que unifica las tres primeras, pero parece que no es capaz de dar cabida a la gravedad. Y esto tiene atareada a toda la comunidad de físicos desde hace muchas décadas. ¡Pues no es así! Yo os diré dónde está el error. El problema radica en que no son cuatro fuerzas, sino solo tres: es más, en realidad todo se reduce a una única fuerza con una triple manifestación». En aquel momento, el público empieza a abuchearlo y lo tachan de loco. Pero yo me pongo de su lado y me emociono.

–Interesante –respondió Pedro–. Pero ¿cómo explica esa unificación?

–¡No lo sé, Pedro! Ya sabes cómo funcionan los sueños. Mientras estás dentro de ellos todo es nítido, pero luego te despiertas y ya no te acuerdas de nada; o lo que recuerdas es completamente surrealista.

–Vale, vale... –se defendió Pedro un poco irritado–. ¿Y el sueño biológico?

–La cuestión biológica que me fascina es la evolución. Me enamora esa idea. Para mí, evolución es sinónimo de vida, y la vida es algo grande que siempre hay que celebrar. Todavía me enamora más concebir que un Creador sea capaz de contar con la evolución para producir tanta belleza. Pero hay algo que no me cuadra: eso de basar la evolución en la pura suerte no termina de convencerme. Pienso que cuando se apela al azar es que todavía queda mucho por descubrir.

—Déjate de rollos y ve al grano —lo apremió Pedro.

—De acuerdo. En este sueño asisto a una conferencia de otro profesor que surge de la oscuridad, con una gran barba blanca. Comienza a disertar: «Habéis aprendido que todo nuestro mundo es fortuito y procede de la irracionalidad. ¡Pues no es así! Yo he descubierto una capa más profunda y que se sirve del azar para provocar la evolución y la biodiversidad. Esta capa recuerda al mecanismo que se activa cuando un espermatozoide se une a un óvulo y se produce el *big bang* de la vida. Hace casi catorce mil millones de años, con el primer Big Bang, se activó una especie de "genoma cósmico" que se ha desplegado hasta nuestros días. Hace aproximadamente cuatro mil millones de años, poco después de que se formase la Tierra, se puso en marcha un "genoma biológico" que, contando con el azar, desembocó en el primer ser vivo». Llegados a este punto, el auditorio empieza a enojarse. Pero el profesor continúa y propone otra analogía: «Con la evolución ocurre lo mismo que cuando alguien quiere descifrar el código de una caja fuerte y empieza a jugar con la probabilidad hasta que da con el número exacto y la abre. Tengo la corazonada de que un nuevo primer Big Bang originaría un mundo muy similar al actual; tanto como lo es cada nueva vida humana». Entonces, toda la audiencia se pone en pie y empieza a abuchearlo; pero yo, no me preguntes por qué, me pongo de su lado y lloro de emoción.

—¡Caramba, tío, qué sueños más raros tienes! Deberías consultar a un experto en psicoanálisis —comentó Pedro con ironía—. ¿Y el tercero?

—Tiene gracia, Judith me recomendó lo mismo.

–Sigue, anda –insistió Pedro.

–No. El sueño tecnológico te lo contaré otro día, que con tanto hablar del tema al final me ha entrado sueño. Buenas noches –dijo Jan mientras bostezaba y se arrebujaba en su manta.

11

Al otro día, madrugaron y galoparon por espacio de una hora. Después, se adentraron en un primaveral hayedo y aminoraron la marcha. La espesura era cada vez mayor. Avanzaban como podían. El camino los llevaba hacia una cumbre. Al cabo de otra hora, a Pedro se le enganchó en una rama la mochila que llevaba, a modo de alforja, sujeta a la grupa de la yegua, y se desparramó parte de su contenido. Aprovecharon este percance para detenerse a descansar. Ataron las yeguas a unos árboles. Pedro empezó a recolocar sus dispersas pertenencias en la mochila. Mientras, Jan se adentró en el bosque para estirar las piernas y curiosear un poco.

Pasado un rato, se oyó un grito de Jan y Pedro salió en su búsqueda. A los pocos metros de carrera, superó el lindero del bosque y se le abrió el paisaje. Vio que Jan estaba sentado al borde de un barranco de más de trescientos metros de altura. Gritaba y lloraba de emoción. ¡El paisaje era espectacular! Una cascada de unos cuarenta metros proyectaba su ruido atronador desde la izquierda. El valle era diáfano, con un lago en medio que se prolongaba como río y se perdía a lo lejos formando un cañón. Rodeando el lago se elevaban esbeltas cumbres pétreas, salpicadas de bosque y de nieve, que reflejaban su imagen sobre el agua. Los variados tonos de verde de la vegetación –abetos, hayas y pinos–, el azul intenso del agua, el amarillo níveo de las cumbres y el blanco azulado del cielo de nubes se combinaban mejor que en la paleta de un pintor renacentista.

–Oye, Jan, ¿puedo hacerte una pregunta? –dijo Pedro, rompiendo así el éxtasis de la visión.

–Pues claro –respondió Jan, sin dejar de contemplar el paisaje, al tiempo que se enjugaba las lágrimas.

–Si es de día, ¿por qué lloras?

–¡Qué tontería! ¿Quién te ha dicho que solo me emociono en los sueños? ¿Has visto qué belleza? Me pasaría años contemplándola...

–Pues sí; este paisaje te quita el hipo –afirmó Pedro. Y luego añadió–: Ya te digo..., creyentes y agnósticos, ante lo sobrenatural, unidos por la duda; y ante lo natural, por el asombro... Ya te digo, «la belleza salvará al mundo». Ya te digo...

–Déjate de filosofar y mira –interrumpió esta vez Jan–. Detrás de esas últimas montañas está nuestro destino: Nois. Pero antes hay que bajar al valle, y me parece que el camino más corto es la cascada.

Descendieron hasta ella siguiendo la cornisa del precipicio. Allí se produjo la primera despedida: no quedaba otra que desprenderse de sus monturas, que tan buen servicio y agradables ratos les habían prestado. Las liberaron de las bridas, riendas y bultos. Jan frotó con delicadeza la frente de su potra mientras abrazaba su cuello con el otro brazo y apoyaba su mejilla en la cara del animal. Así estuvo un buen rato, diciéndole cosas bonitas al oído para mostrarle agradecimiento.

–Por mucho que le hables no te va a entender –lo interrumpió Pedro.

–No pretendo que lo haga –respondió Jan–; me basta con que capte mi afecto a través del tono de mis palabras. Prueba a hacer tú lo mismo.

Con poca convicción, Pedro empezó a hacer carantoñas a su yegua y a susurrarle al oído, con un poco de vergüenza: no quería que Jan oyera lo que estaba diciendo. Cuando terminó, la yegua hizo un par de movimientos de saludo con la cabeza y emitió un alegre relincho. Jan se quedó sorprendido y dijo:

–No sé qué le habrás dicho, pero no cabe duda de que entre irracionales os entendéis mejor.

Pedro se rio de la broma. Luego, sin más romanticismos, dio una fuerte palmada en la grupa de las yeguas y estas se alejaron al galope.

–Por cierto, ¿has hecho rápel alguna vez? –preguntó Jan.

–No, nunca; pero en las películas parece sencillo.

–Es un poco más complicado, aunque bastante asequible para ti. Además, te lo pondré fácil: utilizaremos el nudo que usan los podadores de árboles. Pásame tres cuerdas cortas de tu mochila, por favor.

Pedro obedeció y Jan confeccionó dos sencillos arneses y un nudo de fricción, que servía tanto para descender como para ascender. La cascada tenía tres partes: debían saltar diez metros a una primera poza; luego descender en rápel por una caída de agua de veinte metros hasta una poza intermedia y, finalmente, salvar los últimos quince metros hasta la gran poza final, con rápel o saltando. Se colocaron los arneses y sujetaron con fuerza sus mochilas: todo el material se trasladó a la de Pedro, dejando libre la de Jan para introducir a *Lup* cuando hiciera falta.

El primero en lanzarse fue Pedro, que para estas cosas era un intrépido: nunca había experimentado el vértigo. Luego lo hizo Jan, con *Lup* en brazos. El pobre lobo no tuvo tiempo de saber qué pasaba cuando, de repente, se vio entrando en el agua con gran estruendo. Pedro ayudó al lobo y a su amigo a acercarse hasta el borde de la poza, donde debía instalarse la cuerda para el rápel. Por suerte, en esa zona había algo de vegetación y Jan pudo amarrar la cuerda alrededor de un tronco que le daba confianza. Pedro volvió a ser el primero: Jan le colocó el nudo de fricción y le enseñó a deslizarse hacia abajo, poco a poco, manteniendo las piernas en posición perpendicular respecto a la resbaladiza pared. Pedro se fio y, en pocos minutos, llegó a la poza intermedia. Jan izó la cuerda para recuperar el nudo de fricción y se preparó para bajar. Había colocado a *Lup* dentro de su mochila y ahora lo tenía a la espalda, con su cabeza peluda apoyada en el hombro de su amo.

Al poco rato, volvían a estar los tres reunidos. Les quedaba lo más difícil: los últimos metros hasta la poza final, donde el chorro pegaba con fuerza y parecía aspirarlo todo a su alrededor. Como no era posible sujetar la cuerda en ninguna parte, debían saltar. Por suerte, el salto era diáfano y abajo contaban con suficiente profundidad de agua.

Pedro, sin pensarlo mucho, dijo «Nos vemos luego», y dio un paso en el aire. Cayó como un saco de patatas e impactó en el agua sonoramente. Tardo unos segundos en reaparecer en la superficie. Esos instantes fueron eternos para Jan. Al fin, emergió despeinado y gritó a placer:

—¡Síííííí! Venga, ahora te toca a ti; que el agua está calentita y el salto es muy sencillo.

Jan se picó y, sin acordarse del inquilino que llevaba a la espalda, se precipitó al vacío. Desde aquel momento, *Lup* no quiso acercarse a una mochila nunca más.

Sorteado el primer gran escollo, descansaron unos minutos para liberar la tensión acumulada. Vista desde abajo, la cascada parecía todavía más imponente: una majestuosa cola de caballo de tres tramos. Después, anduvieron unos cien metros hasta alcanzar el lago, que cruzaron a nado. El agua estaba fría, pero era soportable, y el sol primaveral les permitiría atemperarse cuando salieran del agua. *Lup*, a diferencia de los saltos, no tenía problemas para nadar, pues había aprendido a hacerlo en la poza junto a la cabaña de Judith.

A partir de allí, se podía andar con facilidad siguiendo el curso del río. Como el día era bueno, aprovecharon para tomar el sol y se quedaron adormilados. Cuando despertaron, sus ropas se habían secado, así como el contenido de sus mochilas, que antes de sestear habían esparcido sobre una roca plana.

Tras ese sueño reparador se pusieron de nuevo en marcha. El camino era agradable. La visión del paisaje y el ruido del agua parecían disipar el cansancio. Al cabo de una hora, más o menos, el valle se fue encañonando progresivamente. Llegó un momento en el que solo podían avanzar dentro del río, ya que el cañón se había estrechado formando un oscuro. Avanzaban de poza en poza, en completa penumbra. En un punto, el río pareció desaparecer por una especie de pozo. Tuvieron que volver a usar el rápel. *Lup* ya no quiso entrar en la mochila, de modo que Jan lo bajó atado a la cuerda; Pedro lo esperaba abajo. Sin embargo, la cuerda se quedó atascada a mitad de recorrido, con *Lup* pendiendo a cuatro metros de altura, en medio de un potente chorro de agua que le golpeaba la cabeza. El lobo empezó a gimotear. Pedro tuvo que trepar a oscuras para liberar la cuerda y recuperar a *Lup*. El pobre cánido no podía con más sustos.

Salieron de la oscuridad y un sol radiante volvió a saludarlos. Tuvieron que entrecerrar los ojos para no quedar deslumbrados. Caminaron un par de horas y llegaron al punto más crítico del trayecto. El río volvía a formar una cascada, pero esta vez eran cien metros de caída libre por la sima de un estrecho cañón perpendicular a la caída del agua. Imposible descender por allí con la cuerda que tenían. Desde donde estaban hasta la otra parte del cañón solo distaban quince metros en el lugar más estrecho, pero esa distancia les parecía imposible de salvar. Además, esa parte estaba hundida unos cinco metros, formando un gran escalón. Tenían dos opciones: continuar por su margen y dar un rodeo enorme que les haría perder un par de días o cruzar el cañón por aire.

—Sería ideal poder instalar una tirolina aquí –comentó Jan–. El problema es que no sé cómo anclarla en el otro lado. Tiene narices haber superado todo lo anterior para terminar perdiendo dos jornadas de camino por solo quince metros. Pero qué se le va a hacer.

—¿Son importantes estos dos días?

—Sí. Este retraso implicará perder otra semana –dijo Jan.

—Tengo una idea –apuntó Pedro–. ¿Cuántas flechas nos quedan?

—Dos –contestó Jan.

—Pues arma tu arco y déjame probar suerte. Tú eres un as de los nudos, pero en cuestión de tiro con arco no hay quien me haga sombra: de pequeño gané el concurso de mi barrio.

—¿Cuánta gente se presentó a ese concurso? –preguntó Jan con sorna.

No hubo respuesta.

Jan montó su arco uniendo las dos partes por la zona central y se lo pasó, junto con las dos flechas, a Pedro, que estaba concentrado en la fabricación de un fino listón a partir de la rama de un arbusto leñoso. Terminada esta operación, enrolló el listón sobre sí mismo hasta que adquirió esa posición natural. A continuación, ató un extremo del listón cerca de la punta de una de las flechas —de manera que pudiera pivotar sobre ese punto— y el otro lo fijó junto a las plumas, con ayuda de un artilugio de hilo metálico. Luego fijó dos arandelas pequeñas: una en la base del listón cercana a las plumas y la otra en el primer tercio del cuerpo de la flecha. Le llevó más de un cuarto de hora prepararlo todo. Por último, hizo pasar dos haces de cuerda fina por ambas arandelas. Cargó el arco y apuntó hacia el tronco de un árbol de la otra parte del cañón. La flecha salió como un cometa, con dos colas de cuerda que surgían de ambas arandelas. Falló el tiro por pocos centímetros.

—¡Mierda! —se le escapó a Pedro, mientras recogía las cuerdas y recuperaba la flecha.

—Ahora ya sé cuántas personas se presentaron a ese concurso: entre una y ninguna, ¿verdad? —comentó, jocoso, Jan.

—Si sigues haciéndote el gracioso, me desconcentrarás —respondió Pedro con cara de pocos amigos.

Luego revisó la flecha y vio que estaba en buen estado y que el artilugio se mantenía en su sitio. Cargó, apuntó, mantuvo la posición unos segundos y soltó con suavidad la cuerda. La flecha impactó certeramente en el centro del tronco, pero se rompió al clavarse. Esta vez fue Pedro quien no pudo evitar el comentario:

—¿Quién te enseñó a hacer flechas? Robin Hood no, ¿verdad?

–No, fue su primo hermano...; pero a la vista está que no era tan bueno –respondió Jan, asumiendo con buen humor la vengadora pulla de su amigo.

Les quedaba una flecha. Pedro volvió a emplear un buen rato en prepararla. Luego armó el arco, apuntó con toda la calma del mundo y disparó. Esta vez la flecha quedó bien clavada en el tronco; un poco lateralizada, pero suficientemente recta para lo que necesitaban. El golpe del impacto activó el artilugio metálico e hizo que se desprendiese el listón, que, buscando su forma natural, se enrolló sobre sí mismo, describiendo un giro alrededor del tronco: el resultado fue que la arandela del extremo del listón, con su cuerda, al pasar por detrás del árbol, se situó sobre la otra, la cercana a la punta de la flecha.

–Ya tienes lo que querías –exclamó con gozo Pedro.

–Sí, has conseguido pasar una cuerda por detrás del tronco, pero ¿cómo la recuperamos? –preguntó Jan.

–Es el momento de la magia. Ahora verás.

Pedro anudó un gancho en uno de los ramales de la cuerda que pasaba por la arandela cercana a la punta de la flecha. Con tranquilidad, tiró del otro cabo y deslizó el gancho hasta la arandela. Una vez allí, con mucha maña, fue jugando con la cuerda hasta que consiguió que el gancho agarrara la cuerda de la otra arandela, la que había pasado alrededor del tronco. A partir de entonces, todo fue fácil. Tiró de la cuerda que llevaba el gancho y fue recuperando la otra, que venía de regreso pasando por detrás del tronco. Cuando ya la tuvo de vuelta, conectó uno de sus cabos con la soga que les había permitido descender en rápel. Hizo circular la cuerda fina seguida de la gruesa y, en poco tiempo, ya tenía la soga colocada de ida y vuelta, por detrás del árbol.

Jan no salía de su asombro. La inteligencia práctica de su amigo lo dejó fascinado. Motivado por el éxito, se activó y anudó fuertemente la doble soga en un árbol de su lado. Cuando la tirolina quedó perfectamente instalada, comentó jocoso:

—¡Pedro, si no eres tan inútil como te pensabas!

Este no se dejó provocar. Volvió a ponerse el arnés y realizó el nudo de fricción que había aprendido de Jan. En menos de cinco minutos ya había descendido por la tirolina y conquistado el otro lado del abismo. Ahora el problema era *Lup*, que seguía sin querer meterse en la mochila. Jan tuvo que utilizar todo su arte para seducirlo. Se puso la mochila por delante, para que el lobo pudiera ver la cara de su amo en todo momento. Finalmente, elaboró otro nudo de fricción y se colgó con *Lup* sobre el abismo.

En un momento del descenso se le ocurrió mirar abajo y se quedó petrificado por el vértigo. Empezaron a temblarle las manos y su frente se cubrió de un sudor frío. Estaba bloqueado.

Pedro se dio cuenta y trató de tranquilizarlo. Jan se repuso ligeramente y consiguió avanzar poco a poco. Llegó al otro lado hecho un flan. Sentado en silencio, sacó a *Lup* de la mochila, lo abrazó y así se pasó un buen rato —el corazón le latía desbocado y notaba su eco al contacto con el lobo—, hasta que se serenó y recuperó la confianza en sí mismo.

12

Continuaron la marcha hasta que se hizo de noche. Había sido un día intenso. Pararon, hicieron fuego y comieron casi todo lo que les quedaba. Era la última noche antes de llegar a Nois y tener que bifurcar sus caminos. A Jan se lo notaba taciturno: quizá por la experiencia del vértigo o tal vez por la inmediatez de la estrategia final. Para animarlo, Pedro le preguntó por el sueño tecnológico, pues lo tenían pendiente desde la noche anterior. Tuvo un efecto inmediato: a Jan se le transfiguró el semblante y, acompañado por el crepitar del fuego, recuperó el habla:

–Todo empezó cuando leí una cautivadora novela sobre dinosaurios. Me pareció ingenioso poder recuperar el pasado genético, fosilizado en el ámbar. Y de ahí, en mis sueños, doy el salto a una conferencia de otro genio venido de las sombras, vestido con pantalones vaqueros y camiseta negra; de fisonomía delgada, con poco pelo y barba de tres días, que dice: «Habéis aprendido que para contar la historia necesitamos textos escritos, ya sea en piedra, madera, papiro, pergamino, papel. ¡Pues no es así! Imaginaos que en un lugar de la estratosfera quedaran fosilizadas, en vibración mínima y latente, todas las conversaciones mantenidas al aire libre a lo largo de los siglos. Luego, imaginaos que se inventa una máquina capaz de detectar esas vibraciones, de discriminarlas, de amplificarlas y de oírlas. Esas conversaciones se habrían ido sedimentando en la estratosfera por orden de llegada, como ocurre con los estratos geológicos, de tal forma que sería posible localizar las conversaciones según su fecha. Esta tecnología sería revolucionaria, pues permitiría reconstruir la historia a partir de textos orales».

–Muy ingenioso, pero no entiendo por qué lloras –lo interrumpió Pedro.

–Lloro porque ese genio termina diciendo: «Podéis dejar de imaginarlo, pues ya es realidad: esas vibraciones existen y yo acabo de descubrir el modo de oírlas. Se ha inaugurado la arqueología de las palabras; hemos desmontado el dicho de que las palabras se las lleva el viento». A continuación, todos lo toman por loco y abandonan el auditorio, menos yo, que me acerco a él. Como premio, me concede escuchar una conversación histórica.

–Y ¿cuál escoges? –preguntó Pedro intrigado.

–Siempre elijo la misma, una que se produjo entre tres personajes del siglo I, camino de una aldea llamada Emaús. Cada vez que la oigo, me conmuevo.

–¡Pues qué mal! –dijo Pedro, a quien el nombre Emaús le decía poco–. A mí, si me dieran esa oportunidad de oro, elegiría la gran conversación de la historia.

–¿Cuál es? –quiso saber Jan.

–La conversación de amor entre Cleopatra y Marco Antonio el día que decidieron establecer una alianza politicosexual que dejó asombrado, por no decir escandalizado, a medio mundo.

–¡Siempre has sido un romántico y un sensual, Pedro! –sentenció Jan, mientras hacía esfuerzos por contener una risotada.

Pedro estaba satisfecho de haber conseguido su objetivo: hacer reír a su amigo.

Tras la descripción del sueño, el diálogo se centró de nuevo en «la liberación del apetito», expresión con la que Pedro solía referirse a la revolución del hambre. En este tema, Pedro tenía la pasión del converso: claridad de ideas, pero un espíritu combativo que a veces rayaba en el odio. En un momento de la conversación, estalló:

–No entiendo cómo el ser humano puede haber caído tan bajo: es todo muy antinatural. ¡Si pudiera, me cargaría a todos esos pseudointelectuales de Gula, por canallas! Así se lo he hecho saber a tus seguidores de Nois, aunque todavía no los conozco personalmente.

–No te extrañes de que lo antinatural triunfe –intervino Jan, tratando de moderar a su amigo.

–¿Qué quieres decir?

–Bien mirado, verás que lo que tú llamas antinatural no es más que una baja pasión humana bien explotada.

–¿Una baja pasión humana? –repitió Pedro con voz de asco.

–Sí, lo que los antiguos llamaban pecados capitales. Toda revolución ideológica se basa en alguno de ellos para triunfar.

–No te sigo –comentó Pedro.

–Te lo voy a resumir: la avaricia dio éxito al liberalismo económico; la soberbia, al positivismo científico; la ira aportó el combustible para la revolución marxista; el orgullo, el resentimiento o la envidia encienden periódicamente los nacionalismos y los patriotismos excluyentes; y la lujuria hizo posible la revolución sexual.

—Sigo sin entender. No veo la conexión entre pecado capital y revolución.

—De acuerdo. Seré más pedagógico —se animó Jan—. Primero vienen los ideólogos (los intelectuales) y descatalogan un determinado pecado capital para convertirlo en un valor positivo emergente: por ejemplo, a la avaricia la llamaron «leyes del mercado»; a la soberbia, «ley del progreso continuo»; a la ira, «lucha por la igualdad»; al viciado orgullo nacional o de raza, «patriotismo»; y a la lujuria, «amor verdadero». Una vez conseguido esto, aparecen los revolucionarios y utilizan ese arsenal intelectual para liarla parda. Por último, cuando triunfa la revolución, la debilidad humana se convierte en un gran negocio lucrativo y se instala socialmente. El ser humano es tan «listo» que es capaz de descatalogar cualquier vicio; y la gente es tan «lista» que es capaz de creerse cualquier cosa.

—¿Y qué tiene que ver todo esto con el caso que nos ocupa?

—¿No te das cuenta? Ahora es la gula el pecado descatalogado: la llaman «sana cultura culinaria» y se ríen de la gente sobria que «reprime» su hambre. La templanza ha vuelto a perder su derecho de ciudadanía.

Pedro no pudo ocultar su sonrisa y exclamó:

—Jan, ¡eres la leche!; me encanta cuando te pones a teorizar, pero ¿no te habrás pasado dos pueblos con estas conclusiones?

—Quizá sí —respondió Jan, riendo—. Ya me conoces: soy filósofo, y tiendo, por deformación profesional, a sintetizar y encuadrarlo todo. No descanso hasta que lo consigo. Pero, para tu tranquilidad, te diré que estoy convencido de que todas las revoluciones, incluso las que se basan en ideologías falsas, dejan siempre un poso positivo en la sociedad.

—¿Estás seguro? —lo cortó Pedro.

–Sí. Todas aportan algo bueno porque tratan de dar respuesta a problemas reales, aunque con soluciones equivocadas.

–Yo no preveo ningún fruto positivo para Gula. Pero, dime, ¿qué ves de bueno en ella?

–Todavía no lo sé. Habrá que esperar varias generaciones. Pero de las otras revoluciones sí que puedo decirte.

–Veamos... ¿Qué nos aportó el marxismo?

–Nos legó una mayor sensibilidad por la igualdad y las diferencias sociales.

–¿Y el liberalismo?

–Hizo lo mismo con el valor de la libertad.

–¿Y el positivismo científico?

–Nos mostró con claridad que en la naturaleza existen leyes racionales y dejó abierto el misterio sobre su origen.

–¿Y el nacionalismo?

–La necesidad que tenemos todos de poseer y amar una patria, y lo sensible que es este tema en toda política internacional.

–Solo te queda una, Jan. ¿Qué partido le sacas a la revolución sexual?

–Con ella se desmontó de un plumazo la hipocresía del puritanismo. Gracias a nuestros bisabuelos, los castos de hoy lo son por convicción propia, no por simple tradición o por condicionantes sociales. Siempre he pensado que la propia convicción es el único fundamento sólido para garantizar el futuro de cualquier tendencia, pues ya lo dijo el genial arquitecto catalán: si quieres que un arco perdure en el tiempo, diséñalo de tal forma que él mismo soporte todo el peso de la cubierta sin necesidad de muletas: ni contrafuertes ni arbotantes.

–Ciertamente, es curioso el resurgir de la decencia que estamos viendo –intervino Pedro–; ahora florecen por doquier grupos de adolescentes que promulgan un estilo de vida casto porque dicen que es garantía de un amor más puro. Hace diez años se creía que esto era impensable, incluso ridículo. Y me incluyo entre los que pensaban así. Ahora los jóvenes reivindican la castidad, a veces en contra de sus padres y de sus abuelos. ¿Quieres que te cuente una anécdota?

–Por supuesto.

–Hace unos meses intenté provocar a una chica (amablemente, ya me conoces) y para ello le pregunté por qué vestía con tanto decoro siendo tan guapa. Me contestó canturreando este poema:

> El amor es una flor
> de tres pétalos de oro:
> pasión, emoción y ofrenda.
> Unidos están en prenda
> de un propósito mayor.
>
> Qué sencillos son los dos
> primeros para cualquiera...
> Aunque en la vida diaria
> acaba por ser necesaria
> la espinosa educación.
>
> El pétalo posterior,
> el tercero de la lista,
> es el primero..., y de modo
> increíble hace que todos
> se entreguen en donación.

Nuestro amor es una flor
con tres pétalos unidos,
entrelazados en corro,
fundidos en el decoro
como agasajo al Amor.

–Para disimular mi confusión, le pregunté qué había querido decir exactamente. Entonces ella me miró fijamente a los ojos y me retó con estas palabras: «Te daré mi cuerpo cuando me hayas dado tu alma; gozarás de la suavidad y hermosura de mi piel cuando me hayas dejado gozar con la posesión de tu espíritu». La chica, al ver que me había quedado sin habla, añadió: «Te lo diré más clarito: vestimos con decoro porque estamos hartas de sentirnos cosificadas, mercantilizadas, utilizadas, despersonalizadas...». No sé, Jan, tengo que reconocer que cada vez me cuesta más comprender a las nuevas generaciones.

–Normal –dijo este, sonriendo–. Pero basta ya, es hora de dormir. Hasta mañana, Pedro.

PARTE II

LA CIUDAD

13

«Las perversiones del apetito
por la comida son raras»,
C. S. LEWIS

A la mañana siguiente anduvieron cerca de veinte kilómetros. Jan estuvo especialmente callado y lento, como si le fallaran las fuerzas. Pedro tuvo que tirar de él y, para animar la conversación, echó mano de todos los refranes y «yatedigos» que le vinieron a la mente, aunque con poco éxito.

Por fin ganaron una pequeña cumbre, desde la que se contemplaba Nois. Su vista no causaba el mismo asombro que los bellos paisajes de los días anteriores, pero casi. Era admirable la perfección que había alcanzado el ser humano en materia urbanística.

Desde hacía un tiempo, se había consensuado limitar el tamaño de las ciudades a un millón de habitantes. Una vez alcanzada esa cifra, se creaba otra desde cero a unos treinta kilómetros de distancia. El noventa por ciento de la población mundial vivía en las ciudades, y estas estaban perfectamente comunicadas entre sí. Las urbes solo ocupaban el veinte por ciento de la superficie terrestre; el ochenta restante lo constituían las reservas naturales.

Nois estaba limitada en su flanco norte por un gran monte y, en el sureste, por un río que la cercaba formando un meandro.

Hacía largo rato que los dos amigos gozaban en silencio de las vistas de la ciudad. Pedro quiso romper el silencio y dijo, señalando los dos edificios más altos de la ciudad:

–¡Mira eso! Nois sigue rindiendo homenaje a sus dos grandes símbolos: el bosque de secuoyas y la torre de zepelines.

Jan no contestó. Seguía ensimismado.

Esos dos edificios simbolizaban la combinación de dos aspectos que parecían, a primera vista, inconciliables: lo natural y lo artificial, lo biológico y lo tecnológico. Vegetación e innovación eran los dos ingredientes que componían la fisonomía de Nois.

El aspecto tecnológico que más llamaba la atención era la circulación constante de zepelines. Se veían filas de ellos perfectamente ordenadas que se cruzaban a diferentes alturas. Los había de distintos tamaños. Para moverse, solo requerían de la energía solar captada a través de su superficie exterior. Funcionaban de manera automatizada. Unos pocos se utilizaban para el transporte de personas; la mayoría estaban destinados al transporte de mercancías. Todas las azoteas de las casas contaban con una pista de carga y descarga de materiales. Desde el interior de las viviendas se podía hacer llegar cualquier tipo de bulto a la azotea y, una vez programado el destino, un zepelín lo recogía y lo llevaba a cualquier sitio de la ciudad o de urbes vecinas. El tiempo y el coste del intercambio de mercancías se había minimizado drásticamente. A esto se sumaba que todas las casas contaban con impresoras 3D y que casi el cincuenta por ciento del intercambio de objetos se hacía a través de ellas.

Recientemente, se había logrado horadar el manto de la tierra por medio de profundos pozos. Nois contaba con uno, de donde obtenía la mayor parte de la energía para abastecer sus necesidades, a un coste despreciable. El resto de la demanda energética se satisfacía gracias a que todos los tejados y demás superficies eran fotovoltaicas.

La tecnología había terminado por colonizarlo todo: gafas, zapatos, prendas de vestir, relojes, joyas, etcétera. Además, la industria de implantes y trasplantes tecnológicos se había convertido en un sector puntero de la economía. La mayoría de la población asumía alegremente este canon, aunque, como siempre, se daban dos reacciones extremas: la de los transhumanos, que optaban por sustituir miembros sanos de su cuerpo por elementos con mejores prestaciones, y, en el lado opuesto, la de los asqueados de la tecnología que exigían que las reservas naturales se mantuvieran «limpias» para poder retirarse a ellas en busca de paz.

Pedro intentó entablar conversación de nuevo:

−¿Sabes, Jan?, yo nunca entendí bien lo de la economía circular hasta que visité el edificio que alberga el bosque de secuoyas.

Tampoco esta vez consiguió rescatar a su amigo de su estado meditabundo.

La idea de la circularidad había triunfado en Nois. El modelo de la naturaleza −que siempre produce, siempre recicla y siempre vuelve a empezar− se había conseguido imitar. Cada persona, cada vivienda, cada edificio, cada barrio, cada ciudad, cada empresa contribuía al equilibrio: producían, consumían y transformaban los residuos constantemente, de forma casi perfecta. Por ejemplo, ya no era necesario el sistema de alcantarillado porque cada edificio tenía capacidad para reciclar la mayor parte de sus residuos; el pequeño resto no reciclable se solidificaba y comprimía, para luego ser transportado al edificio de secuoyas, donde se obtenía el reciclaje total.

Prácticamente todos los edificios contaban con sus propios huertos, que suministraban productos básicos y naturales al vecindario. En cambio, la ganadería se llevaba a cabo siempre fuera de las ciudades y de manera extensiva, para garantizar el bienestar de los animales. Los hábitos de alimentación llegaron a perfeccionarse mucho hasta que apareció Gula y lo echó todo a rodar. De todas formas, a pesar de eso, los huertos urbanos y las granjas de las reservas seguían siendo muy apreciados por la gran cantidad de alimentos naturales que aportaban; eran apetitosos.

Los dos amigos llevaban más de una hora contemplando el espectáculo de Nois cuando Jan despertó súbitamente de su ensimismamiento. Se levantó, se desperezó y volvió a tomar la iniciativa. Haciéndose un poco de violencia, comentó:

–¡Qué pereza! Con lo bien que se está aquí.

–Desde que te conozco, nunca te has dejado dominar por esa dama.

–No te creas –apuntó Jan–, la señora Pereza se ha debido de enamorar de mí, porque nunca termina de abandonarme.

Había llegado el momento de la separación. A partir de entonces, Jan sabía que su plan debía seguirse al milímetro para no fracasar. Transmitió dos códigos a Pedro; se los hizo repetir veinte veces hasta asegurarse de que los había memorizado bien. Con el primero debería abrir una taquilla, localizada a las afueras de la ciudad, y tomar la mochila que allí esperaba desde hacía dos años. El otro código era para abrir una segunda taquilla, ubicada en la otra punta de la urbe, a poca distancia de donde debían reencontrarse, justo al amanecer del día siguiente. Esa solo contenía un manuscrito. Jan no quiso dar más detalles del plan para no comprometer a su amigo.

–Pedro, una vez tengas la mochila, saca el espejo que encontrarás en el bolsillo superior y hazme señales con él. Deja la mochila fuera de la ciudad, donde empieza el campo y desaparecen las cámaras. Por ejemplo, en los setos de esa casita blanca con un pequeño jardín.

–¿Cómo pretendes entrar sin que te detecten las cámaras? –preguntó Pedro con inquietud–. Ya sabes que ir encapuchado no sirve de nada: la inteligencia artificial, unida al *big data*, en cuanto detecta tres veces consecutivas a un mismo individuo no identificado, activa las cámaras de luz infrarroja y de rayos láser, y no hay quien consiga mantenerse en el anonimato.

–Entraré cruzando ese gran monte y allí me esfumaré. Hoy es una zona tranquila; mañana ya no lo será. Por eso me interesaba tanto no perder dos jornadas en ese cañón de la tirolina. No te preocupes, Pedro, lo tengo todo planeado.

–Y ¿cómo vas a superar esa mole en tan poco tiempo? ¿Acaso tu Dios te ha dotado de alas? –volvió a preguntar Pedro.

–No, es todo más sencillo. Utilizaré el medio de transporte más ligero y eficiente que hemos inventado los humanos para callejear. Te repito que lo tengo todo pensando. Tú limítate a hacer lo que te he dicho, y espérame al alba en la esquina acordada, con el manuscrito en la mano. Una vez abras la última taquilla, se disparará una señal y mis amigos, liderados por Demetrio Gil, del que ya te he hablado en más de una ocasión, sabrán que la reunión tendrá lugar al día siguiente, a media mañana, en una casa que todos conocen. Es una suerte contar con Demetrio: es un superdotado, la persona más lista que he conocido en mi vida, además de buen amigo. Aunque, como todo sabio, tiende a la tristeza y necesita que le inyecten un poco de optimismo de vez en cuando.

Pedro ya no quiso preguntar más. Estaba contrariado y algo intranquilo. Confiaba en su amigo, pero, al mismo tiempo, lo invadía la inquietud, porque no entendía los motivos de las reservas de Jan para compartir toda la información, justo en la fase final del plan.

Terminaron por darse un fuerte abrazo y Jan aprovechó para susurrar una cosa al oído de su amigo. Pedro se lo quedó mirando, un poco perplejo. Luego se separaron.

14

Pedro llegó sin problemas a la primera taquilla. Introdujo el código que había memorizado y el cierre se abrió. Encontró la mochila, se la cargó a la espalda y se dirigió rápidamente a la pequeña casa blanca con jardín. Sacó el espejo y envió varias señales hacia donde Jan permanecía oculto. Iba a dejar el macuto entre los setos que marcaban el límite del jardín cuando no pudo contener la curiosidad y se puso a inspeccionar su contenido. Allí aparecieron unos patines muy sofisticados, una batería delgada que era como un gran libro que ocupaba casi todo el espacio de la mochila, unas rodilleras y unos guantes curiosos: estaban cubiertos de pequeños rodamientos. También vio una gorra singular, unos globos de látex para inflar, un destornillador, unos papeles plegados, una cuerda de escalador de unos diez metros y poca cosa más.

Sacó los patines. Quería observarlos de cerca. Eran de material resistente y ligero. No tenían botín; en cambio, estaban dotados de unas pequeñas fijaciones para anclarse en un determinado tipo de botas. Pedro ató cabos. Ahora entendía el significado de esas curiosas hendiduras en el calzado de su amigo. También recordó las recientes palabras de Jan: «Me desplazaré utilizando el medio de transporte más ligero y eficiente que hemos inventado los humanos para callejear». Se le dibujó una sonrisa en el rostro. Aquello le parecía un poco surrealista, pero estaba claro que Jan lo había previsto todo al detalle desde hacía mucho tiempo. «Realmente, es un gran estratega», pensó. Colocó de nuevo los patines en la mochila, la escondió entre los setos y se fue en busca del siguiente objetivo: la taquilla del manuscrito.

En cuanto Jan captó las señales del espejo, se puso en movimiento, acompañado por *Lup*. Descendió la colina con sigilo y llegó al seto donde estaba la mochila. La abrió y comprobó que contenía todo lo que necesitaba.

Sabía que le esperaba un gran esfuerzo físico, por lo que decidió pedir agua a los habitantes de la casita. Dio la orden a *Lup* de permanecer echado junto a la mochila y llamó a la puerta. Le abrió un matrimonio de ancianos, que lo invitaron a entrar. Al cabo de un cuarto de hora, salió con un cuenco lleno de agua para que *Lup* también pudiera beber. El lobo apuró hasta la última gota, sin perder la posición. Por último, Jan entró de nuevo en la casita, devolvió el cuenco y se despidió de esos ancianitos tan amables.

Cerca de allí pasaba la carretera asfaltada que subía, serpenteando, hasta la cumbre del gran monte que delimitaba la ciudad por el norte. En la cima, se encontraba una ermita de principios del siglo xx, dedicada al Sagrado Corazón. Jan se dirigió hacia la carretera y, a pocos metros de ella, en un lugar resguardado, se colocó las rodilleras, los guantes, la gorra y los patines. Miró el nivel de la batería de la mochila: ochenta por ciento; suficiente. La conectó a los patines y comprobó que el dispositivo del guante de la mano derecha que accionaba los diminutos frenos de disco de las ruedas funcionaba a la perfección. Ya estaba preparado para el gran ascenso. Se situó sobre el asfalto y empezó a patinar monte arriba.

Al principio, la carretera subía con una inclinación muy ligera. La aproximación al monte fue placentera. Jan disfrutaba patinando y, además, la compañía de *Lup* –que lo seguía con su habitual jovialidad– lo motivaba enormemente. No había transcurrido mucho tiempo cuando pasó al lado de un vigilante forestal. No quiso mirarlo a los ojos para que no se quedara con su rostro, pero intuyó que el guarda había observado con sospecha a ese extravagante personaje que se proponía ascender con patines un monte tan alto, acompañado de un perro un tanto especial.

Efectivamente, cuando Jan desapareció de la vista del vigilante, este llamó a un compañero que estaba realizando labores forestales con una gran excavadora a unos cinco kilómetros de la cumbre. Lo puso al corriente del extraño patinador y acordaron que, si se lo cruzaba, lo detendría y lo interrogaría.

Al cabo de un buen rato, el vigilante de la excavadora vio pasar a Jan y a *Lup*. Les dio el alto, pero Jan hizo oídos sordos y pasó de largo. El vigilante pensó que no lo había oído y decidió seguirlo con su excavadora. En cuanto Jan se vio perseguido, conectó el motor eléctrico de los patines y multiplicó la velocidad de su ascenso. Había decidido reservar la batería para los dos últimos kilómetros de la cuesta, donde la pendiente se hacía más ardua, pero ahora le había surgido una imperiosa necesidad.

El conductor de la excavadora observó sorprendido que Jan se le escapaba de repente y decidió poner su vehículo al máximo de velocidad. Aun así, la pobre máquina solo podía seguir a cierta distancia a Jan, sin alcanzarlo, aunque sin perderlo de vista. Pasado un rato de persecución, Jan observó que el nivel de la batería había descendido mucho. Se quitó la gorra y liberó una especie de capa que estaba enrollada en la parte de atrás. Se la ajustó de nuevo en la cabeza y dejó que la tela volara libre cuello abajo. Conectó un cable de la gorra con la batería. Era una capa ligera, capaz de captar la energía solar y recargar la batería de los patines. El problema fue que, a medida que discurrían los minutos, el cielo se fue nublando y su capa solar no era capaz de recargar la energía al mismo ritmo que esta se consumía por la demanda a la que estaba siendo sometida.

La persecución continuó en silencio. Ninguna de las dos partes quería darse por enterada de que se trataba de una persecución en toda regla. Jan estaba haciendo un gran esfuerzo físico; por primera vez en mucho tiempo, volvió a sentir en su muslo izquierdo las secuelas de las dentelladas de la loba, tal vez la madre de *Lup*. El vigilante confiaba en poder alcanzar al patinador en el último tramo de la carretera, justo antes de la cima. Su intuición no le fallaba; Jan llegó al último kilómetro de la cuesta con la batería totalmente agotada, al igual que sus fuerzas. Se paró extenuado y observó la situación. La excavadora se le acercaba lentamente, a unos quinientos metros, pero a ritmo continuo y amenazador. Reflexionó un momento y tomó una decisión que habría preferido ahorrarse.

Llamó a *Lup* a su lado. Sacó la cuerda de su mochila y se la ajustó a lo largo de todo el cuerpo, en modo tracción. Luego se ató el otro extremo a su cintura y dio la orden «Tira». *Lup* se lanzó a la carrera como si fuera un perro esquimal. Jan se quedó sorprendido de la fuerza de su compañero de fatigas: tan solo tuvo que ponerse en posición de equilibrio y dejarse arrastrar por el lobo. De nuevo, consiguió distanciarse de la excavadora, aunque a *Lup* pronto empezó a pasarle factura ese sobresfuerzo.

El perseguidor, en cuanto vio que el patinador se le volvía a escapar, se convenció de que era alguien que no quería ser detenido. Para evitar que se le escapara, cambió de estrategia. A quinientos metros de la cumbre arrancaba una pista forestal que recorría en horizontal todo el cono de la cima. Por esta pista se alcanzaba la carretera asfaltada que bajaba a la ciudad por la otra ladera. Por allí tendría que pasar su prófugo, y en ese punto le cortaría el paso.

Jan y *Lup* conquistaron la cima cansados, pero tranquilos. La excavadora había quedado atrás y ya no se la veía. Pero el tiempo apremiaba. Jan se santiguó, desató a *Lup* y ambos se lanzaron carretera abajo. La gorra capa se le desprendió a causa del viento y quedó atrapada en unos matorrales. No había tiempo para recogerla. Adoptó una postura parecida a la de una bicicleta para mantener el equilibrio: alineó los dos patines, echó una pierna hacia atrás, apoyando solo la rueda frontal, y se mantuvo firme sobre el patín delantero. Así consiguió descender a gran velocidad.

El trazado de bajada de la carretera seguía describiendo curvas cerradas. Antes de entrar en una nueva curva, Jan activaba los frenos de disco y atacaba cada giro con gran inclinación, pero con velocidad controlada. *Lup* era incapaz de seguirle el ritmo. De vez en cuando, Jan le indicaba con el brazo y una orden los lugares por los que podía acortar bosque a través, entre curva y curva. De esta manera, el lobo se iba reencontrando periódicamente con su amo.

A los pocos minutos de ese descenso, cuando Jan y *Lup* salían de una curva, se encontraron de frente con la gran excavadora, cruzada en medio de la carretera, ocupando todo el ancho. Jan no tuvo tiempo de pensar. Maquinalmente, apoyó su trasero sobre el patín posterior, extendió su pierna delantera y arqueó al máximo la espalda hasta que notó que su melena rozaba con el asfalto. En esta posición consiguió sortear por debajo la excavadora sin tener que frenar ni cambiar de dirección. *Lup* hizo lo mismo, pero con facilidad, ya que su tamaño le permitió pasar por debajo del gran vehículo sin mayor problema.

El perseguidor no salía de su asombro. Era la tercera vez que se le escapaba esa curiosa pareja de patinador y «perro». Preso de una gran indignación, llamó a un compañero que se encontraba tres kilómetros más abajo con un jeep eléctrico todoterreno. Le pidió que subiera carretera arriba y cerrara el paso a un patinador loco. El coche emprendió el ascenso a toda velocidad.

Esta vez Jan lo vio venir de lejos, puesto que se encontró con él en medio de una gran recta. Tuvo tiempo de pensar y calcular. Finalmente, decidió arriesgar. Disminuyó la velocidad hasta que *Lup* lo alcanzó y se puso a su lado. Siguió patinando con decisión en dirección al todoterreno. El conductor pensó que era un farol y mantuvo la velocidad al máximo, poniéndose en el medio de la carretera y haciendo eses, seguro de que eso intimidaría al patinador. Jan se concentró y esperó hasta encontrarse a diez metros del vehículo. Entonces gritó con fuerza a *Lup* la orden «Tumba», y él mismo se lanzó en plancha sobre el asfalto, dejándose deslizar gracias a los rodamientos de las rodilleras y de los guantes. En esta posición, amo y lobo consiguieron pasar por debajo del coche sin colisionar con él.

Ahora fue el conductor del jeep el que vio con asombro, desde su retrovisor, cómo Jan se levantaba y se alejaba patinando carretera abajo, seguido de su «perro». Hizo dos llamadas: una al compañero de la excavadora para contarle lo ocurrido y decirle que no se preocupara, que le iba a dar alcance cuesta abajo. Y la otra a un amigo que vivía en una casa de la ciudad, cercana a la carretera que subía hacia ellos. Este era un excéntrico coleccionista de coches deportivos de época. Le pidió un favor:

–Toma el deportivo más bajo que tengas y sube a toda velocidad hacia la cima para cerrar el paso a un patinador peligroso. Yo le impediré el paso a su espalda y le haremos un bocadillo que no olvidará jamás.

Jan sabía que el peligro no había desaparecido. Al salir de una curva, observó que dos más arriba lo seguía el todoterreno, como si de un tiburón se tratara. Pasados unos minutos, a pesar de su gran velocidad, notó que el jeep se le estaba acercando. Miró monte abajo para cerciorarse de cuánto le quedaba hasta la ciudad y vio un deportivo antiguo subiendo como una exhalación y dejándose los neumáticos en cada curva. Intuyó que también venía a por él.

Se le ocurrió una nueva solución. Volvió a reunirse con *Lup* y aminoró la marcha para que el todoterreno lo viera. Luego calculó el tiempo que faltaba para que el deportivo apareciera de frente. Entró en una curva a buena velocidad. Sus cálculos no fallaron. Al salir, se encontró de frente con el vehículo. Entonces aceleró al máximo, se fue directo hacia el coche y lanzó a *Lup* la orden «Salta». Patinador y lobo dieron un gran brinco y consiguieron sortear el deportivo por encima. Lo que ocurrió después fue tragicómico. El conductor del coche clásico miró instintivamente hacia atrás para ver qué había sido del patinador y luego sucedió todo muy rápido; cuando volvió a dirigir la mirada hacia el frente, ya era tarde: el todoterreno salía flechado de la curva y se abalanzó sobre él. Fue un choque frontal tremendo. Los dos conductores quedaron malheridos y fuera de combate.

Por fin Jan pudo respirar tranquilo. Ya nadie lo seguía. Tardarían tiempo en deducir qué había pasado con los vehículos colisionados, pues ninguno de los dos protagonistas estaría en condiciones de hablar durante varios días. No obstante, decidió extremar la prudencia. Cuando quedaba menos de un kilómetro para llegar a la ciudad, paró, bloqueó las ruedas de sus patines con los frenos de disco y subió un pequeño montículo dando saltos de roca en roca. Desde allí vio una pequeña carretera asfaltada que también llegaba a la urbe. Se deslizó con los patines ladera abajo, por una pendiente de hierba mullida y sin apenas piedras. Alcanzó la carretera secundaria y continuó descendiendo, a ritmo tranquilo. *Lup* lo seguía de cerca.

Era media tarde cuando Jan se encontró con una situación imprevista. La carretera desembocaba en una antigua cantera, situada en la ladera del monte. En principio, se trataba de un lugar tranquilo, pues hasta el día siguiente no deberían comenzar las fiestas patronales de Nois, con el espectáculo más apreciado: el cine 3D nocturno al aire libre. Inesperadamente, precisamente ese año, habían decidido adelantar un día el inicio de las festividades.

15

Jan se encontraba en la esquina derecha –mirando a Nois– de la parte alta de la cantera. Desde allí, medio emboscado en una pequeña arboleda, vio riadas de gentes distribuyéndose por todos los terraplenes de la antigua mina. Ese espacio natural permitía albergar hasta trescientas mil almas, que era el número de personas que solía asistir al cine nocturno.

Decidió esperar escondido a que anocheciera. Su cuerpo necesitaba reposo para recuperarse del gran esfuerzo del patinaje. En cambio, *Lup* parecía fresco y activo como siempre. De repente, Jan exclamó:

–¡No, no, no..., *Lup*! ¡*Luuup*!

Una liebre había saltado de su escondrijo y se dirigía como un rayo hacia la cantera. El depredador se activó y, cuando ya se disponía a salir tras ella, se encontró con la amenazadora mirada de su dueño, que le decía «¡Ni se te ocurra! ¡Como te muevas, te descuartizo!». Amo y lobo se aguantaron la mirada durante unos intensos instantes. Afortunadamente para Jan, *Lup* obedeció por primera vez en cuestiones de caza. Entonces pudo agarrar al lobo con un movimiento rápido y atarlo con la cuerda que llevaba: no debía arriesgar. Pasado el susto, respiró tranquilo: si el lobo hubiera salido del bosque en persecución de la liebre, habría provocado un pánico colectivo en la cantera, poniendo en riesgo todo el plan.

Superado este episodio, Jan consideró algo providencial lo que al principio le había parecido un contratiempo: con el ruido del cine al aire libre le sería más fácil pasar desapercibido. Y, aunque habría mucha policía local en esa zona, eso implicaría que habría menos guardias y controles en la otra parte de la ciudad, donde tenía su objetivo final.

Desde donde estaba se contemplaba bien la urbe entera. De nuevo, Jan buscó descanso en la visión de los edificios y dejó que los recuerdos fluyeran espontáneamente.

Nois era una ciudad muy bonita, sin lugar a dudas. Pasear por sus calles era una delicia. Los parques y jardines abundaban. Las farolas, las papeleras, los semáforos, las fachadas –absolutamente todo– estaba vestido de naturaleza, pues tenían aspecto de árboles, rocas, plantas, etcétera. Daba la sensación de estar paseando por el campo. Y había taquillas con cierre de código en cada esquina, que permitían a los peatones dejar allí sus pertenencias y caminar sin bultos cuando lo desearan. Esos peatones, además, contaban con cintas transportadoras en todas las aceras: gracias a ellas, sus desplazamientos urbanos se hacían por lo menos al triple de velocidad, permitiendo al mismo tiempo el ejercicio físico. Desde que se habían instalado estas cintas, la reducción del tráfico urbano había sido contundente: apenas se producían atascos.

Las mascotas eran omnipresentes. El perro seguía siendo el mejor amigo del hombre y el más común de los animales domésticos. Las calles estaban sembradas de zonas verdes para que estos pudieran hacer sus necesidades sin que sus amos tuvieran que humillarse para recogerlas. Se exigía que todo perro siguiese un programa de educación obligatoria antes de poder circular libremente por las calles. Este los capacitaba para hacer sus necesidades solo en los lugares convenidos, andar o correr junto a sus amos sin abalanzarse o molestar a las personas o a otros perros, comportarse dentro de los edificios, etcétera.

Durante los horarios no lectivos, los parques y jardines se llenaban de niños y de alegría. Tras la mala experiencia del invierno demográfico, la sociedad había aprendido a conciliar familia y trabajo; por fin la natalidad empezaba a repuntar. Los políticos habían conseguido dar con la tecla: administrar el hogar, por una temporada o durante toda la vida, estaba bien remunerado, y el intercambio laboral entre casa y empresa ya no ofrecía ningún problema.

Jan estaba inmerso en estas cavilaciones cuando se quedó con la mirada en un punto fijo. «Es impresionante cómo la han conseguido meter en todas partes», se dijo, mientras contemplaba ondeando en lo alto de un edificio cercano una gran bandera con el símbolo de Gula.

De pronto, el agudo pitido de unos altavoces lo despertó bruscamente de su recogimiento. Habían dado las nueve de la noche, el espectáculo estaba a punto de empezar. El graderío natural de la cantera enfocaba a una pradera que se situaba entre la ciudad y los espectadores. Sobre esa campa de hierba yacían miles de pequeños objetos que emitían una luz verde intermitente.

Era finales de abril y se estaba de maravilla al aire libre. Todo el recinto de la cantera había sido equipado con grandes torres de sonido. La gente quería escuchar el cine sin auriculares; ansiaban vivir grandes experiencias de forma colectiva y real, sin mundos virtuales o metamundos que restaran presencialidad física. Era la famosa ley del péndulo: tras muchos años de atiborre digital se había revalorizado, como nunca, la experiencia física y directa.

Todo esto era compatible con la mayor exquisitez tecnológica. Por ejemplo, muchos de los espectadores vestían trajes capaces de transmitir sensaciones táctiles y aromáticas relacionadas con la película. Pero la audición debía ser directa. El arte de contar historias reclamaba de nuevo la vivencia compartida, entroncando así con los primeros cuentacuentos: los rapsodas. En un mundo saturado de tecnología, en el que la economía de la atención era el elemento clave, la vuelta a los orígenes había resultado ser lo más original.

Desde los altavoces se pidió silencio. De repente, los miles de objetos de la pradera empezaron a zumbar y se elevaron a gran velocidad. Eran drones diminutos, perfectamente ordenados en el aire. Cada uno constituía un pixel de color primario: verde, rojo y azul. Todos formaban una colosal pantalla que flotaba en el aire. Desde la cantera, los espectadores seguían con emoción las imágenes, que eran de gran definición. Los drones obedecían con precisión las instrucciones que recibían a través de sus diminutas antenas. Al principio, todos se alinearon formando una pantalla plana. Pero pronto, en cuanto aparecieron las primeras escenas, empezaron a desplazarse horizontalmente, hacia delante o hacia atrás, dando a las imágenes un impresionante aspecto tridimensional.

Para el día inaugural se había programado un gran clásico: la película *Tiburón*. Había pasado casi un siglo desde su estreno, pero seguía entusiasmando al público. Además, el realismo del

3D y la experiencia colectiva al aire libre la dotaban de mayor fuerza: los espectadores parecían vivirla.

Jan era aficionado al cine y se sabía de memoria el guion de esta película: conocía los tiempos. Decidió que debería actuar justo durante el primer ataque del gran escualo: en ese momento, el ruido sería ensordecedor y el éxtasis colectivo centraría todas las atenciones en esa pantalla gigante suspendida en el aire sobre la ciudad de Nois.

Al poco de empezar el metraje, Jan y *Lup* se encontraban junto a una fuente de agua en la acera más cercana a la antigua cantera. Jan mandó a su compañero de fatigas que se mantuviera echado en una zona de arbustos. Mientras, él se cubrió el rostro con la capucha de su chaqueta para no ser detectado por ninguna cámara y se dirigió hacia la fuente. Extrajo dos globos de látex de su mochila y los llenó de agua. Los anudó bien. Cada uno pesaba entre tres y cuatro kilos. Los metió en la mochila. Luego se dirigió hacia una tapa de alcantarilla que estaba a pocos metros de la fuente, sobre la acera. Levantó la pieza metálica y se introdujo en una especie de pozo que tenía una escalerilla interior. Recolocó la tapa, pero no del todo, pues le interesaba que entrara algo de la luz de las farolas de la calle, y también porque quería oír bien la película.

Una vez dentro, se sujetó con su cinturón a la escalera y consiguió liberar sus dos brazos. Sacó de la mochila el primer globo de agua y agudizó el oído para deducir la escena que se estaba reproduciendo. Fue repasando mentalmente el guion y, cuando previó el gran ataque del tiburón, lanzó enérgicamente el primer globo. En menos de un segundo se oyó un golpe duro y seco unos veinte metros más abajo. Rápidamente, sacó el otro globo y lo arrojó con todas sus fuerzas. Esta vez, el golpe seco fue acompañado de un gran estruendo. Fuera, todavía se oían los gritos de terror de los espectadores. Jan estaba satisfecho: sus cálculos se habían cumplido; la tapa-respiradero de madera que cerraba el acceso a las antiguas cloacas de la ciudad había cedido por la fuerza del impacto del segundo globo: el gran resplandor de luz que ahora le venía de abajo se lo confirmaba. Jan sabía que esa tapa tenía los tornillos por la parte de dentro; el único modo de librarse de ella era romperla con la ayuda de un proyectil.

Quiso volver a por *Lup*. Otra vez tendría que tirar de persuasión para que el lobo accediera a meterse dentro de la mochila. Separó del todo la tapa de la alcantarilla. Ya se disponía a salir cuando vio acercarse a lo lejos a un grupo de policías. Caviló rápidamente... y luego fijó su vista donde había dejado al lobo: observó el brillo de sus ojos. Lo miró con cariño y, apenado, le dio a entender que sus caminos debían separarse justo allí. Jan no podía comprometer el éxito de su plan. Ya mandaría a buscar a su amigo cánido al día siguiente, cuando se hubiera reunido con sus compañeros.

Desde dentro, Jan colocó la alcantarilla en su sitio y esperó en silencio. A los pocos segundos, oyó las pisadas de los policías. Había tomado la decisión oportuna, aunque dolorosa, puesto que los agentes se detuvieron en esa zona y empezaron a charlar de sus cosas. Si hubiera salido a por *Lup*, no habría podido regresar.

La escalerilla interior solo cubría los primeros cinco metros del pozo. Desde que las cloacas cambiaron de uso, las escaleras habían sido cortadas para evitar el acceso. Por suerte, el tamaño del pozo era suficientemente estrecho para que se pudiera ascender o descender haciendo presión en las paredes con la espalda y las piernas. Jan lo sabía y había practicado esa técnica.

Se colocó la mochila por delante y, poco a poco, fue perdiendo altura. Llegó a la zona de la tapa de madera, situada a unos cinco metros del piso de la cloaca, y vio que había sido arrancada de cuajo. Siguió bajando hasta la conexión del pozo con el techo de la galería del antiguo colector, a dos metros de altura: desde allí se dejó caer como si fuera un bulto. Nada más impactar con el suelo, rodó con rapidez hacia una determinada zona de la curva pared del colector: sabía que ese era un punto ciego para las cámaras. Por fin había llegado al museo más grande de la ciudad: el último escollo de su misión.

16

Eran las diez de la noche. En el interior de las antiguas cloacas la luz era blanca, intensa y agradable. Habían pasado varias décadas desde que los sumideros subterráneos de la ciudad quedaran sin uso. Cuando las viviendas consiguieron reciclar la mayoría de sus residuos, la compleja red de canales subterráneos quedó obsoleta. Incluso el agua de la lluvia era recogida por entero en depósitos para el riego de los parterres y jardines, para el consumo de humanos y mascotas, etcétera.

Pasaron varios años en los que nadie prestó atención al antiguo alcantarillado. Pero un día, un artista famoso tuvo la brillante idea de convertir ese entramado de pasillos oscuros en la mayor exposición de arte de la ciudad. Bajo tierra, las obras se conservarían mejor. Él sería el primer artista en ceder toda su colección para ser expuesta en el nuevo museo. Su idea fue muy bien acogida por las autoridades. Se habilitaron entradas dignas y se sellaron las antiguas, que ahora eran solo respiraderos, por uno de los cuales había entrado Jan. El artista solo había puesto una condición: la iluminación tendría que ser de luz natural de calidad excelente.

Ese fue el detonante para que se desarrollaran los colectores de luz natural concentrada, una tecnología que luego se extendió por todo el mundo. Durante el día, estos captaban la luz directamente del exterior y la transportaban a todos los rincones subterráneos. Durante la noche, la luz provenía de colectores que captaban la luz en otras partes del hemisferio donde todavía era de día: esa luz se recogía, se condensaba y se enviaba a diferentes partes del mundo, aprovechando los antiguos oleoductos, que también habían caído en desuso. El alcantarillado de Nois contaba con un buen suministro de luz transcontinental, por lo que podía estar bien iluminado las veinticuatro horas del día. Además, esa luz natural permitía la fotosíntesis: los pasillos de las antiguas cloacas estaban ahora repletos de espléndidos rosales multicolores que irradiaban su suave fragancia en el subsuelo de la ciudad.

Jan, sin perder la posición, inhaló con profundidad el aroma de esas rosas; a continuación, sacó de su mochila un viejo papel doblado. Era un sencillo plano del gran museo. En él destacaban los pasillos que debía tomar para llegar, por la vía más directa, a la otra parte de la ciudad, donde debía reencontrarse con Pedro. El plano también señalaba los puntos donde se podían desactivar las cámaras de vigilancia. El primero de esos puntos estaba a medio metro de él, a ras del suelo, justo donde la curva pared del túnel conectaba con un pulcro piso de mármol blanco. Extrajo el destornillador de su mochila y gateó encapuchado hacia ese lugar. Quitó la tapa con rapidez y desconectó las cámaras de esa zona.

Ahora contaba con libertad de movimientos. Recogió los restos de los globos de látex, pues no quería dejar ninguna prueba.

Se puso de nuevo los patines y, plano en mano, se lanzó a la carrera. El marmoleado suelo, bien pulido, hacía que el patinaje se convirtiera en una experiencia gozosa. Jan empezó a ganar velocidad. Ahora giraba a la izquierda, luego a la derecha, después continuaba recto... A ambos lados, iba viendo desfilar todo tipo de cuadros, láminas, esculturas, tapices y objetos artísticos de lo más variado. De vez en cuando, cuando llegaba a una unión de pasillos, el espacio se agrandaba y allí podía contemplar pequeños parterres de hierba natural poblados de simpáticos conejos blancos. Era como una parodia: donde antaño solo habitaban sombras, hedores, fealdad y ratas, ahora moraban pacíficos animales bañados por una luz intensa, el suave aroma a rosas y la belleza de multitud de obras de arte. Jan pensó en el pobre *Lup* y se le torció una sonrisa porque sabía que esos lindos conejos habrían supuesto una tentación demasiado fuerte para su instinto cazador. Renovó el propósito de mandar a Pedro en su búsqueda.

Siguió patinando. En cada cambio de sección, se dejaba caer junto a otra de esas tapas del suelo y, completamente echado, la abría y desconectaba las cámaras. Él sabía que las cámaras apuntaban a las obras de arte –para detectar robos–, dejando muchos puntos ciegos por la zona baja.

Poco después de las tres de la madrugada llegó al lugar de la salida: se trataba de otro pozo por el que debería ascender hasta la calle. Se quitó los patines.

Para subir hasta el pozo, apiló un mostrador y una silla que encontró por allí. Dejó la mochila en el suelo, quedándose solo con el destornillador y la cuerda, que preparó con un abultado nudo en uno de sus extremos. Subió por el mostrador y la silla y, desde allí, se introdujo en el pozo. Ascendió unos pocos metros haciendo presión en las paredes hasta que llegó a la tapa-respiradero. Esta vez no iba a necesitar de la fuerza, pues los tornillos quedaban accesibles; los fue desatornillando uno a uno, con mucho cuidado. Cuando la tapa de madera quedó suelta, la desencajó ligeramente e introdujo el extremo de la cuerda por la parte del nudo. Volvió a colocar la tapa, que ahora presionaba la cuerda, cuyo nudo hacía de tope. Descendió hasta el suelo de la galería y recolocó todo –silla y mostrador– en su sitio para evitar cualquier sospecha. Desde el inicio, llevaba puestos los guantes de patinaje para no dejar huellas dactilares.

Cuando todo quedó en orden, metió los patines en la mochila, se la cargó por delante y ascendió hacia el interior del pozo por la cuerda, a pulso. Una vez alcanzada la trampilla de madera, se colocó de nuevo en posición horizontal, desacopló la tapa y ascendió con ella hasta superar el nivel donde se encajaba. Haciendo contorsionismo, intentó pasar la tapa entre sus dos piernas.

No lo conseguía.

Lo intentó repetidamente, sin ningún éxito. Cada nueva tentativa lo dejaba más agotado y con los músculos en calambre. Llegó un momento en el que ya no tenía fuerzas ni para subir ni para bajar. Empezó a temer que todo el plan se le viniera abajo por algo tan tonto como una tapa de madera. Si no llegaba arriba al amanecer, todo habría sido estéril. Sudaba de angustia.

Se concentró lo más que pudo e hizo un último intento. Con mucho dolor, consiguió que la tapa pasara a través de él y la pudo encajar en su lugar, sin necesidad de tornillos, gracias a unos topes que había en la pared del pozo. Se dejó caer sobre ella, totalmente consumido. Tuvo que hacer estiramientos para relajar sus agarrotados músculos. Solo contaba con un par de horas para descansar antes de subir a la superficie. Permaneció sentado sobre la tapa, tratando de recuperar fuerzas.

Media hora antes del amanecer, decidió continuar. Dejó sobre la tapa la cuerda y la mochila con los patines: ya no los iba a necesitar más. Luego emprendió el ascenso hasta la calle, situada a más de quince metros sobre su cabeza. En el tramo final, volvió a contar con la ayuda de una vieja escalera. Llegó hasta la alcantarilla, la elevó ligeramente y confirmó que todavía era de noche y que todo estaba a oscuras y tranquilo. Hacía un año que el Ayuntamiento de Nois había decretado apagón total a partir de las tres de la mañana. Con esta medida, se reducía drásticamente la contaminación lumínica. Las calles quedaban a oscuras —solo los vehículos podían utilizar los faros—, y los pocos peatones que salían a andar en ese horario debían utilizar gafas de visión nocturna. Esas horas eran las preferidas para los amantes de las estrellas: desde sus azoteas podían seguir el curso de los astros con ayuda de sus telescopios. Fuera como fuese, Jan contaba con esta reciente medida del Ayuntamiento para pasar más desapercibido.

Con un movimiento rápido, apartó del todo la pieza metálica, salió a la superficie dando un pequeño salto, recolocó la alcantarilla y se dirigió hacia un portal cercano, todavía más protegido por las sombras. En todo momento mantuvo el rostro bien cubierto con la capucha para evitar ser reconocido por las cámaras.

17

Ya estaba casi todo hecho. El plan que restaba era sencillo. A las siete de la mañana, con los primeros rayos de luz, tenía que reunirse en una esquina convenida con Pedro y con Demetrio. Ninguno de los dos sabía que se iban a encontrar. De hecho, todavía no se conocían. Jan había decidido presentarlos allí, pero quiso reservarse esa parte del plan. Los tres formarían el núcleo duro de la incipiente contrarrevolución. Jan había previsto que cuando Pedro recogiera el manuscrito de la taquilla, Demetrio recibiría una señal electrónica confirmando el lugar y la hora del encuentro.

A las siete menos cinco, Jan salió de las sombras y se colocó frente a la esquina acordada. Allí desembocaban dos calles oblicuas que cerraban una gran manzana triangular. Puntualmente, a las siete, Jan vio acercarse a Pedro por una de ellas. Llevaba la cartera que contenía el manuscrito.

Jan se alegró mucho al reconocer a Pedro y le sonrió. Este le devolvió la sonrisa y aceleró el paso. De repente, a Jan se le demudó el semblante. Fue todo muy rápido y confuso para Pedro: Jan lo miró con rostro serio y enérgico y, con toda la fuerza de su lenguaje corporal, le dio a entender que debía esconderse.

En simultáneo, por la otra calle, se oyó un ruido en un portal cercano y de allí salieron cinco hombres encapuchados y vestidos de negro. Se acercaron a paso rápido hacia Jan. Lo habían descubierto. Jan los observó atentamente. No conseguía distinguir a nadie. Se concentró en el ruido de los pasos y su rostro se tiñó de tristeza. Lo previsto era que apareciera por allí su amigo Demetrio. Algo había salido mal. Con su rapidez habitual, miró a varios lados, calculó, reflexionó, echó de menos a *Lup...* y decidió.

Y entones sucedió una cosa insólita para Pedro. Tan pronto como Jan se convenció de que algo importante había fallado, se puso de rodillas, colocó las manos detrás de la nuca y exclamó con voz enérgica:

–Aquí me tenéis; soy todo vuestro.

Pedro presenció la escena y, con una sensación de frío que le recorrió todo el cuerpo, masculló para sí:

–Pero ¿qué diablos está haciendo?

Luego se escondió en un portal, a pocos metros de donde su amigo permanecía arrodillado. En pocos segundos, dos de esos hombres de negro inmovilizaron a Jan y lo esposaron. Seguidamente, lo subieron a un vehículo oscuro aparcado a pocos metros y se lo llevaron. Todo ocurrió muy rápido, sin intercambio de palabras, sin apenas violencia.

Pedro estaba en estado de *shock*. No entendía lo que acababa de pasar. El plan había salido a la perfección hasta ese momento y, de repente, con la mayor naturalidad del mundo, todo se había venido abajo. Jan no había intentado huir. No había hecho nada. En las semanas anteriores, Pedro se había maravillado de continuo con la capacidad creativa de su amigo para resolver situaciones comprometidas. Pero ahora, cuando no quedaban más que unos pocos pasos para llegar a la meta, se había entregado con total pasividad. ¿Por qué no había improvisado? ¿Por qué no había ofrecido resistencia? ¿Cuál era la causa de ese absurdo comportamiento?

La primera reacción de Pedro fue la de indignarse con su amigo. El secretismo de Jan en la parte final del plan ahora se le presentaba como una falta de confianza en él y una estupidez. Estaba rabioso. Empezó a patalear un bonito parterre de flores y, cuando ya no quedaba ninguna en su sitio, se marchó, lleno de tristeza.

De camino al hotel donde se alojaba, repasó la parte del plan que restaba por cumplir. Tras el reencuentro, lo previsto era que Jan lo condujera a una determinada casa, donde los esperaba un grupo de poco más de diez personas. Allí, Jan les leería el manuscrito y les daría instrucciones. La contrarrevolución tenía que empezar con poca gente, con buenos argumentos y con gran convicción por parte de todos. El mensaje se iría abriendo paso poco a poco, empezando por algunas personas clave: intelectuales, empresarios y políticos. Al principio, nadie daría especial importancia a la reacción, pero estaban convencidos de que, cuando prendiera el mensaje, esta sería imparable, aunque tardara medio siglo en cuajar.

Mientras Pedro consideraba estas cosas, recordó que seguía en su poder la pieza primordial del plan: el manuscrito. La idea de utilizar un manuscrito en lugar de un documento electrónico no respondía a motivaciones románticas. Ya apenas nadie escribía a mano; en parte, porque muchos ya no sabían cómo hacerlo. La tecnología había hecho superflua la escritura, como en su día el GPS había convertido la brújula en un artículo decorativo. No obstante, los textos manuscritos seguían presentando ventajas: bien escondidos, no había autoridad policial que pudiera localizarlos. En cambio, el contenido digital, una vez en la red, dejaba de ser seguro cuando los poderosos decidían que no tenía derecho a serlo.

Pedro, todavía enfadado, se sentó en un banco de la calle. Sacó el manuscrito de la cartera y leyó la primera frase: «Hoy ha empezado una contrarrevolución. El error se propaga gracias a la parte de verdad que contiene, a la debilidad del género humano y al poder...». No pudo pasar de esas primeras líneas: recordó a Jan y lloró por su pérdida, y también de rabia por lo absurdo que se le antojaba todo ahora.

18

El Ministerio de la Certeza había adquirido especial protagonismo en la política de los últimos dos decenios. La cultura imperante era el relativismo, pero en cuestiones científicas, técnicas y legales –y sobre todo penales–, existía una gran sensibilidad por la certeza, basada más en el cumplimiento de determinados procedimientos y protocolos que en la confianza humana por alcanzar el consenso en verdades grandes.

En Nois, el edificio dedicado a este Ministerio era un homenaje a la transparencia. Estaba construido enteramente con piezas que dejaban pasar la luz: algunas transparentes y otras traslúcidas. Apenas existían estructuras opacas. Allí habían llevado a Jan al día siguiente de apresarlo.

En varios despachos de la quinta planta del edificio estaban siendo interrogados presuntos delincuentes, la mayoría de ellos sospechosos de crímenes ecológicos. De golpe, la puerta de uno de esos despachos se abrió y de él salió un funcionario con ojos enrojecidos y cara transpuesta. Mientras se alejaba, iba diciendo:

–Este tipo es superior a mis fuerzas. Tiene argumentos para todo.

Por el pasillo se cruzó con otro funcionario, de alto rango, que comentó:

–Déjamelo a mí.

El alto funcionario se llamaba Roberto Urriaga. Era una persona apuesta y segura de sí misma, de unos cincuenta años; vestía con elegancia un traje azul. Entró en el despacho y se encontró con Jan, sentado a la mesa de los interrogatorios. Le habían hecho cambiarse de ropa. Ahora llevaba un ridículo pijama blanco. No estaba esposado. Roberto se presentó con amabilidad –su voz era agradable–, ocupó la silla del otro lado de la mesa e inició el diálogo yendo directamente al grano:

–¿Por qué estás en contra del progreso? Nos ha costado mucho llegar hasta aquí.

–No lo estoy –respondió Jan, llanamente.

–Pues a mí me parece que sí. Todos tus movimientos de los dos últimos años, empezando por tu disidencia en Cinobar, han pretendido suscitar una reacción social contra los inhibidores de absorción intestinal. No lo acabo de entender, ¿qué tienes contra la pobre gente que sufre tendencia a la obesidad?, ¿por qué te parece mal querer disfrutar, sin riesgos, del placer de comer? Antes, solo unos pocos conseguían reprimir el hambre y mantener unos cuerpos bellos con los que sentirse aceptados y admirados; ahora, todos pueden hacerlo sin esfuerzo: hemos conseguido una mayor igualdad social en este aspecto; por fin nos hemos liberado del yugo del hambre.

–Comparto tu diagnóstico, pero no la solución del problema –contestó con calma Jan–. No creo en las soluciones puramente tecnológicas para los problemas morales.

–¿Y en qué crees? –le preguntó bruscamente Roberto.

–Creo en una palabra que introdujeron los hebreos y los griegos, y que se convirtió en la piedra angular de nuestra civilización: el autodominio.

–¡Déjate de filosofadas, Jan! Lo llames como lo llames, se trataba de represión y neurosis; y, a Dios gracias, eso ya lo hemos superado hace tiempo.

–La represión es otra cosa –respondió Jan, sin perder la serenidad–. Viene de fuera y se nos impone contra nuestra voluntad. El autodominio es un valor, es algo que surge de las fibras más íntimas de nuestro espíritu: es el esfuerzo por conquistar la libertad perdida.

–Está bien, no pretendo igualarte en discursos filosóficos. En cambio, me considero mucho más pragmático y cercano al terreno que tú. Y la vida está hecha de situaciones prácticas, concretas, singulares, dolorosas..., que toca resolver. No es todo blanco o negro. Vale que hay gente que utiliza los IAI para cometer aberraciones, pero eso no invalida que muchos otros, por no decir la mayoría, los utilicen con prudencia. ¿Vamos a castigar a muchos justos por unos pocos pecadores?

–Roberto, efectivamente, la mayoría de las cuestiones tienen grises, pero existen unas pocas en las que solo cabe la tolerancia cero, al menos en su valoración moral. Y los inhibidores es una de ellas. Durante mucho tiempo peleé por encontrar argumentos para aceptar el uso de los IAI: ¡era la tentación más fácil y me habría ahorrado muchos disgustos! Pero, por muchas vueltas que le daba, siempre concluía en lo mismo.

–¿En qué?

–Lo has debido de leer porque lo dejé escrito: «Si bendecimos los IAI, si cruzamos esta línea roja y pretendemos liberarnos de la biología, todo se echará a rodar; si accionamos esa espoleta, surgirá una nueva herejía y se producirá una revolución antropológica sin precedentes: tendremos que cambiar la definición de hombre», como estamos viendo.

–Exageras –contestó Roberto.

–En absoluto. ¿Puedo proponerte una imagen comparativa para que lo entiendas mejor?

–Adelante.

–¿Qué tal vas de física nuclear? ¿Estás familiarizado con los términos «fisión» y «fusión»?

–Algo estudié en el bachillerato –dijo Roberto–. Me suena que la fisión consiste en bombardear un núcleo de uranio con protones para partirlo y desatar una energía enorme. Así funcionaban las primeras bombas atómicas y las centrales nucleares, pero las abandonamos por la radiactividad que producían. Lo de la fusión lo pillo menos, pero tengo entendido que así funciona el sol: poniendo mucha energía para unir átomos de hidrógeno y liberar todavía más energía de forma limpia.

–Te felicito, porque yo no lo habría explicado mejor. Tu bachillerato fue de calidad –comentó Jan, sonriendo.

–Gracias por el cumplido, pero ¿qué tiene que ver la física nuclear con todo esto?

–Todo.

–¿Todo?

–Sí, todo. En la historia se han arrojado tres bombas atómicas sobre población civil.

–Yo solo conozco dos, las de Hiroshima y Nagasaki –reaccionó con prontitud Roberto.

–Pues ya puedes añadir la tercera: los IAI.

–Vuelves a exagerar.

–¡Qué va! Desde que canonizamos la separación entre comer y nutrirse, lo que yo llamo «fisión alimentaria», se ha desatado una energía descontrolada y radiactiva que ocasiona más problemas que soluciones.

–¿Como cuáles?

–Pretender suplantar la pelea moral que cada generación debe asumir libremente con soluciones puramente técnicas: bioquímicas, en este caso.

–¿Y eso porque lo dices tú?

–No lo digo yo. Lo dijo hace muchos años un viejo dirigente indio: «No cabe lograr la paz social sin antes librar la pelea en el interior del individuo». Con la biotecnología habéis dicho a la gente que ya no es necesario moderar el hambre: basta desfogarse sin responsabilidad alguna. Y los daños colaterales son mucho peores que las problemáticas de antes. Por eso no me canso de proponer la «fusión alimentaria»: recuperar el vínculo natural entre comer y nutrirse, que tanta radiactividad nos evitaría.

–Jan, no te sigo y no me convences. Basta ya de física nuclear y de cuentos chinos. Aquí estamos hablando de medicina: ¿también estás en contra de la biotecnología?

–Estoy a favor de ella cuando se pone al servicio de la salud: para curar una enfermedad, por ejemplo. Pero tener apetito y buena absorción intestinal no es ninguna enfermedad. ¿No lo ves así, Roberto?

–Yo, eh..., como ya te he dicho, veo problemas a los que hay que dar solución.

–Sé que las motivaciones iniciales para crear los IAI fueron buenas, pero el resultado ha sido la ridiculización de la templanza y la construcción de una sociedad hedonista en la que el vientre se ha convertido en un dios, con todos los problemas de salud pública que se derivan de ello. Solo se ha respetado la absorción del alcohol, y esto también es por motivos hedonistas. Las empresas alimentarias están usando a las personas como mera mercancía para satisfacer la avaricia de sus accionistas. ¿Te has planteado cuantificar el coste económico y social derivado de toda una generación aquejada de gula?

–Pero nosotros lo hacemos de manera civilizada –argumentó Roberto con contundencia–. Dicen que los romanos se provocaban el vómito para no empacharse y seguir disfrutando de la comida. Nosotros lo hemos simplificado; basta una pastilla o activar un implante y te olvidas del problema durante un rato. Hemos permitido que la gente disfrute con seguridad de uno de los placeres más bellos: comer bien, cuando uno libremente lo decide, y con todas las ganas del mundo. A esto se lo llama sana cultura culinaria. Además, no lo imponemos, somos demócratas y tolerantes: que cada ciudadano decida si quiere utilizar o no los IAI; en esta sociedad cabemos todos.

–Somos demócratas y tolerantes hasta cierto punto –apostilló Jan.

–¿Qué quieres decir?

–Que cuando se convierte en derecho un determinado error, todo se trastoca. El débil queda indefenso. Mira lo que ha pasado con la eutanasia...

Roberto no se esperaba esta salida; esa última palabra le había dado en plena línea de flotación. Se quedó pensativo unos segundos y luego prosiguió empáticamente:

–Mira por dónde, en eso te doy la razón. En su momento, me opuse con fuerza a la legalización de la eutanasia.

–¿Cómo? –preguntó Jan con gran interés.

–Pertenezco a un partido muy orientado a lo social.

–¿Y?

–Acabábamos de lograr un gran éxito político: un aumento considerable en el salario mínimo interprofesional. Entonces se me ocurrió plantear como argumento antieutanasia una analogía con ese tema: si permitiéramos que el trabajador fuera libre de ofrecer sus servicios profesionales a cualquier precio, quizá para salir de una situación agobiante de paro, el abuso por parte de los empresarios sería inmediato. Lo mismo pasará con la eutanasia, opiné: si abrimos la puerta a la libre decisión sobre la muerte, si no protegemos la vida como si de un salario mínimo se tratara, el abuso está garantizado. Concluí remarcando que incluso la libertad personal debe tener sus límites: a nadie se le debe permitir hacerse esclavo, ni trabajar por debajo del salario mínimo, ni exigir como derecho que otro le quite la vida.

–¿Cómo reaccionó tu partido?

–Fracasé. No me hicieron caso.

–¿Por qué?

–Se nos vendió la eutanasia como la solución para unos pocos casos extremos.

–Vamos, lo de siempre... –ironizó Jan.

–No aproveches, Jan.

–Disculpa.

–Siento decir que se han cumplido mis peores expectativas –continuó Roberto, como inmerso en sus pensamientos–. Ahora son mayoría los que se ven empujados a pedirla, es una moda imparable, es un negocio impresionante. Hoy, el pobre anciano que quiere seguir viviendo parece que tenga que pedir perdón a una sociedad que lo acusa de egoísmo con la mirada. Lo más triste de todo es que ya es la primera causa de muerte en personas jóvenes, que ven la eutanasia como el remedio definitivo a la dureza de la vida. Ayer por la noche estuve consolando a unos padres que habían perdido a su hija de dieciséis años. Sabrás que desde hace unos meses los menores de edad ya no necesitan contar con la autorización paterna para solicitar la eutanasia.

–Lo que cuentas es muy duro, Roberto. Y es lo mismo que está pasando con los IAI: un joven tiene que ser heroico para no dejarse arrastrar por la cultura de los inhibidores, que le viene como impuesta desde fuera.

–Ese caso es distinto –remarcó Roberto–. Ha sido la solución a mucho sufrimiento. Mi abuelo padecía obesidad mórbida y ni siquiera podía inclinarse para calzarse los zapatos. Sufrió mucho y nos hizo sufrir a los que lo queríamos. Con los IAI no habría pasado por ese calvario, y sus familiares tampoco.

–Entiendo lo que dices porque también he convivido con gente con fuerte tendencia a la obesidad –empatizó Jan–. Pero, repito, la solución no puede ser técnica.

–¿Y cuál propones que sea?

–Íbamos por buen camino: aprendimos a valorar la comida sana, inculcábamos hábitos de moderación a nuestros hijos, sabíamos combinar los momentos de fiesta con los de ayuno; incluso estuvimos a punto de desarrollar las sustancias naturales que inhiben el hambre, pero la industria de los IAI reaccionó con fuerza para evitarlo y terminó consolidándose el negocio del apetito indisciplinado: ¡la revolución del hambre!

–Por cierto –intervino Roberto–, ahora que hablas del hambre: ¿te apetece comer algo?

–La verdad que sí. Llevo tiempo en ayunas –contestó Jan, agradecido.

19

Roberto salió de la sala de interrogatorios y regresó al cabo de unos diez minutos portando una bandeja con dos tazas de café con leche y un plato grande repleto de cruasanes calientes, glaseados con azúcar y con chocolate fundido por dentro. Tenían una pinta excelente.

–¿Puedo? –preguntó Jan, con el rostro iluminado.

–Por supuesto.

Jan tomó una de las tazas y se llevó a la boca un cruasán.

–¿Te gusta? –le preguntó Roberto.

–¡Está que te mueres! –exclamó Jan–. ¿Dónde los has conseguido?

–Ja, ja, ja... Tienen el triple de mantequilla, además del glaseado y del chocolate fundido. Son irresistibles. Celebro que te gusten. Veo que eres goloso. Pero volvamos a nuestro tema. ¿Dónde nos habíamos quedado?

–En lo de tu abuelo y la obesidad.

–Ah, es cierto. Continúa, por favor.

–Lo que te estaba queriendo decir –siguió disertando Jan– es que con la generalización del consumo de los IAI se evitó la obesidad mórbida y otras enfermedades, es cierto, pero ahora tenemos problemas mayores: ausencia de hábitos saludables, patologías en todo el aparato digestivo, patrones alimentarios agresivos y enfermizos, etcétera. El discurso ideológico se sirvió del pánico a la obesidad, especialmente en las mujeres, para imponernos los IAI. Y ahora resulta que son los varones los principales interesados en las grandes comilonas y arrastran a sus mujeres a esas bacanales desenfrenadas. Aunque también es cierto que cada día son más los hombres que deciden desfogar su hambre en soledad.

–Sí, sí, Jan, reconozco que no todo es perfecto –admitió Roberto, lamiéndose los labios después de engullir un cruasán–. De todas formas, ¿qué hay de malo en que una persona, esporádicamente, quiera disfrutar sin riesgos de una buena comida, en compañía de otros, y lo haga sin caer en excesos aberrantes? ¿Tan intolerante eres que ni siquiera en esos casos o en los de patologías mórbidas justificarías los IAI? ¿No te parece que eres muy duro? ¿Pretendes prohibirlos por ley?

–No.

–No, ¿a qué? –preguntó Roberto.

–No pretendo que se prohíban los IAI –respondió con contundencia Jan.

–Ja, ja, ja... Esto sí que no me lo esperaba... Eres una caja de sorpresas. Me lo estoy empezando a pasar bien. Entonces ¿qué pretendes?

–Pienso que la sociedad no está preparada para una prohibición de este tipo. Todos conocemos los efectos nocivos de una ley seca.

–Y ¿qué propones? –inquirió Roberto con curiosidad.

–Pues que hagamos lo mismo que se hizo con el tabaco hace casi un siglo. Cuando nuestros antepasados advirtieron que algo considerado bueno y liberador en los inicios realmente era malo y destructor, empezaron a sensibilizar a la población para que dejara de fumar, pero sin prohibirlo por ley ni demonizar a los fumadores. Y ya ves los resultados: hoy prácticamente nadie quiere fumar.

Roberto volvió a quedarse pensativo. Jan aguantó el silencio durante unos instantes y prosiguió:

–Vuelvo a lo de antes, Roberto: lo que está en juego no es una determinada conducta individual. Comprendo la debilidad humana. Yo mismo me puedo dejar seducir por los IAI y consumirlos.

–¿De verdad? No me lo imagino –soltó Roberto en tono provocativo.

–Pues así es: de hecho, los consumí al principio, hasta que me percaté de que estaban dañando mi voluntad. Pero como te decía, lo que está en juego es calificar como bueno algo que es un error. Esa es la frontera que no podemos atravesar. Pienso que todos tenemos derecho a ser débiles y a que nos comprendan, perdonen y ayuden; pero también a que nos indiquen claramente dónde están los errores que nos pueden destruir: la mentira siempre es mentira, la corrupción siempre es corrupción, el odio siempre es odio...; no podemos bendecir lo que está mal. Así entiendo yo la tolerancia.

–No sé de dónde has sacado ese concepto de tolerancia, pero me resulta extraño –comentó Roberto.

–¿Prefieres el que nos han vendido? –siguió diciendo Jan–. Esta sociedad parece respetarlo todo salvo que se cuestionen los inhibidores. No dejan espacio para la tolerancia. Si rechazas públicamente el credo de los IAI, estás muerto: eres excomulgado.

–Te estás viniendo arriba, Jan. Ya te has cargado la tolerancia: ¿tampoco te satisface la democracia?

–Soy demócrata, pero no creo en el mito de la democracia.

–Explícate.

–Pues que la democracia no es capaz de crear la verdad.

–Explícate mejor.

–Lo intentaré. Es la verdad la que hace posible la democracia, no al revés. Si la verdad sobre el hombre se difumina, la democracia se convierte en la ley del más fuerte y triunfa la tiranía.

–¿Cómo?

–Todos sabemos que las mayorías son controlables y manipulables por los poderosos. Si la naturaleza (nuestros derechos humanos) no nos defiende, estamos perdidos. Cuando la democracia se vende a una determinada ideología, va acorralando la libertad de los disidentes hasta que consigue alcanzar el último bastión: la libertad de conciencia. No descansa hasta conseguir que todos adoren públicamente a la «bestia».

–¡Vuelves a exagerar! –exclamó Roberto–. Hablas de la verdad como si fuera algo inocuo; pasas de largo que en su nombre hemos sufrido guerras de religión y de ideología: Auschwitz, los gulags, los laogais, ... El día que decidimos devaluar las «verdades grandes» desaparecieron los iluminados y ganamos en capacidad de convivencia.

Ahora fue Jan el que se quedó pensativo. Lo que acababa de decir Roberto tenía mucha enjundia. Tras unos segundos de silencio, contestó:

–Te doy la razón. En nombre de la verdad se han cometido muchas atrocidades. Tenemos que poner los medios para que no vuelva a manipularse ese concepto. No obstante, los peligros de vivir sin verdades grandes son todavía peores. La historia nos lo enseña. Yo creo en la capacidad colectiva de alcanzar una verdad común, grande, racional, que dé cabida a todos: las convicciones fuertes pueden ir de la mano de una exquisita capacidad de convivencia. Acuérdate de lo que dijo el sabio ilustrado: *sapere aude*, atrévete a saber, a pensar...; la verdad nos está esperando.

–Mira, Jan, a mí lo único que me da confianza es la verdad empírica. Todo lo que se salga de allí y del famoso *cogito ergo sum* es pura opinión y no tiene validez universal; no entra dentro de mis certezas.

–Te veo muy seguro en tu relativismo –apostilló Jan–. Pero quiero volver a lo de antes: si exagero o no. Te voy a describir lo que observo: la ideología Gula tiende a controlarlo todo y ya impregna de raíz todo el arco de los partidos políticos. Se ha convertido en un factor común, incuestionable, aunque existen minorías que sufren en silencio. Vemos que cambian los gobernantes, pero esta ideología que atenta contra la dignidad humana permanece constante: son los mismos perros con distintos collares. ¡Gula va a más y es un dolor! Como lógica consecuencia de los IAI, en este país estamos forzando la Constitución para que reconozca como derecho la antropofagia, algo que fue superado hace muchos siglos por una sociedad más civilizada que la nuestra en este aspecto.

–Lo que a mí me duele, y te lo digo de corazón, es que no quieras entrar en razón y retractarte públicamente: basta que firmes este documento –concluyó Roberto, acercándole una hoja y un sencillo bolígrafo transparente, e indicándole el lugar donde debía rubricarlo.

–No te molestes –rechazó Jan, mientras alejaba de sí el bolígrafo.

–Ya conoces las consecuencias. Si no cooperas, mañana serás sometido a un linchamiento mediático en todos los canales de información. Como antes has insinuado, el mundo de hoy prefiere la muerte social a la prisión o el ajusticiamiento. Ya sabes, somos pacifistas, nos hemos vuelto muy sensibles a la tortura y al dolor físico.

–Soy consciente de a lo que me enfrento.

–Pero hay algo más –añadió Roberto.

–¿Qué?

–En tu caso, como hay pruebas de tu rechazo frontal al movimiento en favor de la antropofagia, las altas instancias están valorando la posibilidad de eliminarte también físicamente. Claro que, de cara a la opinión pública, será una eutanasia solicitada por ti, cosa que me revienta enormemente. Todo esto se tratará mañana en el juicio, salvo que quieras retractarte ahora mismo, que es lo que deseo, pues empiezas a caerme bien.

–Gracias por la gentileza y por la oportunidad, pero es inútil –respondió Jan, llevándose otro cruasán a la boca y haciendo una pausa antes de seguir hablando–. ¿Sabes una cosa?

–¿Qué?

–También yo empezaba a disfrutar de tu compañía. Pareces un buen hombre, al que podría aplicarse el lema complementario al que antes has utilizado: *diligo ergo sum*. Lástima que nuestra amistad pueda ser de corto recorrido.

Roberto se levantó e hizo ademán de irse. Jan lo paró tomándole la mano y le dijo:

–¿Puedo hacerte una confidencia?

–Dime.

–Si hace dos años te hubiera conocido en Cinobar y me hubieras dado a probar estos cruasanes, quizá ahora sería un adicto a los IAI en lugar de un disidente –concluyó Jan con una mueca graciosa y pícara.

Roberto sonrió con ganas y se lo quedó mirando, mientras movía ligeramente la cabeza de izquierda a derecha. Luego se despidió y salió de la estancia con el corazón confundido: había sido una conversación de alta densidad, con demasiados temas y emociones encontradas. Fue a ver a su segundo y le indicó que se tratara a Jan con la máxima delicadeza y que se le permitiera recibir visitas en el tramo final, aunque fuera improbable que alguien se expusiera a ir a verlo.

20

A la mañana siguiente, tuvo lugar el juicio. La formalidad fue excelente, aunque la sentencia parecía cocinada de antemano. El juez, impecable en todo lo demás, no dejó de comer galletitas de chocolate durante todo el juicio. El policía que custodiaba a Jan mascaba con fruición una especie de chicle cargado con sustancias nutritivas que sus tripas no iban a absorber. El fiscal no probó bocado, aunque era evidente que la mitad de su dentadura la formaban implantes, debido al desgaste provocado por grandes comilonas. Se había constituido un jurado popular de siete personas: cuatro mujeres y tres varones. Además, asistieron unos cincuenta invitados.

A Jan le habían asignado un abogado de oficio, con perfil muy bajo. Fueron circulando los testigos; los de la acusación se centraron en exponer con claridad lo que Jan había escrito y declarado en público. Quedaba patente su oposición al uso de los IAI y sus repetidos intentos por prevenir a la población contra ellos.

Llegó el momento del interrogatorio de Jan por parte del fiscal:

–Bien, señor Roger, usted mismo lo ha oído. Son numerosos los testimonios que prueban su radical rechazo a la sana cultura culinaria. Y, no contento con esto, desde hace varios años ha dedicado sus energías a tratar de que otros sigan su ejemplo. Incluso se opone a los derechos de determinados colectivos. ¿Reconoce usted estos hechos?

–Sí –contestó Jan.

El fiscal se dirigió hacia el jurado popular y dijo con voz clara y enérgica:

–Por tanto, admite que es culpable de transgresión del orden social.

–No –dijo Jan–. Mis ideas eran bien conocidas por todos antes de este juicio. Nunca he tratado de ocultarlas.

Jan hizo una pausa y fijó sus ojos en cada uno de los miembros del jurado. Luego prosiguió:

–La cuestión no está en cuáles son mis ideas, sino en si una persona puede ser juzgada y condenada por pensar de cierto modo, aunque sea contracultural, y por tratar de compartirlo. Comprendería que se rieran de mí o me tacharan de loco, pero si hoy soy condenado por mis ideas, no es solo a mí a quien se sentencia, es la propia cultura la que queda cancelada. Desde Sócrates, pasando por los totalitarismos del siglo xx, hasta nuestros días hemos asistido a todo tipo de cancelaciones. Pero nosotros afirmamos vivir en una sociedad libre y democrática, respetuosa con las libertades, entre las que se incluye la de pensamiento. No podemos pecar de intransigentes.

Tras estas palabras, la sala quedó en completo silencio. Los miembros del jurado se miraron de reojo. Jan siguió con su autodefensa:

–Respecto a mi posicionamiento sobre la antropofagia, tampoco lo niego. Aunque tengo que advertir que solo manifesté mi opinión en una ocasión y lo hice usando un condicional. En concreto, dije que los mismos argumentos por los que no aceptaba el uso de los IAI son los que me llevarían a negar el derecho a la antropofagia. Y añadí entonces que veía el éxito social del movimiento en favor de dicho derecho como una consecuencia lógica del uso de los inhibidores: si afirmas uno, terminas asumiendo el otro.

Jan terminó su alegato dirigiendo estas palabras a los miembros del jurado:

—¿Realmente piensan que se me puede culpar por tener ideas propias o por haber hecho uso de un simple condicional? ¿Qué docente o académico se atreverá a ejercer en este país su derecho de cátedra después de esto?

De nuevo, se hizo el silencio en la sala.

No obstante, el fiscal no se dejó intimidar. Era listo y se había preparado muy bien el juicio; sabía que el imputado podía salir por este registro. De hecho, lo había pergeñado todo para llegar a este punto. Tenía reservado su golpe de gracia para el final.

—Señor Roger, yo mismo le daría la razón y apostaría por su inocencia si usted se hubiera limitado a hacer eso que dice. Pero no. No, señor. Usted no se contentó con eso.

Seguidamente, el fiscal se dirigió al juez:

—Con la venia de su señoría, ruego que entre en la sala el último testigo de la acusación: el señor Demetrio Gil.

—Concedida —respondió el juez.

Todos se giraron expectantes hacia la entrada: por allí apareció el amigo de confianza de Jan.

Este se dirigió rápidamente hacia la zona de los testigos, sin atreverse a buscar la mirada de Jan. Sin más preámbulo, el fiscal le dio la palabra:

–Señor Gil, especifique su relación con el señor Roger y el motivo por el que hoy está aquí.

Enseguida, Demetrio se puso a relatar su antigua amistad con el acusado, sus planes para iniciar la contrarrevolución del hambre, sus motivaciones, etcétera. Al final, concluyó con una afirmación rotunda: el móvil por el que había delatado a su amigo y lo había entregado a las autoridades fue que, en varias ocasiones, Jan había declarado a sus seguidores que estaba dispuesto a usar la violencia con tal de eliminar a los principales promotores de Gula. Solía afirmarlo con esta expresión: «¡Me cargaría a todos esos canallas!».

A continuación, el fiscal se explayó en un magistral discurso con el que probaba que Jan era un ciudadano peligroso: un propagador del odio y de la violencia.

El juez dio opción a la defensa para que el imputado respondiera a la acusación del señor Gil.

Jan permaneció mudo.

–¿Señor Roger? –preguntó el juez.

–Un momento, por favor –pidió el abogado de Jan.

Jan terminó declinando esa opción, a pesar de que el abogado trató de persuadirlo de lo contrario. Jan sabía lo mismo que Demetrio: cualquier intento de autodefensa pasaba por implicar a su amigo Pedro en este embrollo.

El testimonio de Demetrio y las palabras finales del fiscal terminaron por desequilibrar la balanza, y el jurado popular declaró culpable a Jan. El juez dictó sentencia: dos años de cárcel, quince de inhabilitación profesional –lo que significaba la muerte social– y, si el reo lo solicitaba, aplicación de la eutanasia.

El fiscal se llenó de orgullo cuando oyó la sentencia. Era una persona vanidosa y susceptible, siempre preocupada por quedar bien. Hablaba con brillante locuacidad, buscando la aceptación del auditorio por encima de todo. Lo que más temía era ser humillado en público. Y ese era precisamente el castigo que buscaba infligir a todas sus víctimas. Saltándose el protocolo, aunque con el consentimiento del juez, volvió a llamar a Demetrio y le dijo:

—Bien, señor Gil, todos le estamos muy agradecidos por haber ayudado a la sociedad a destapar esta patraña contraria al progreso de la humanidad. Ya todo está sentenciado. No obstante, me gustaría que el público oyera de sus labios el otro de los motivos por los que decidió pasarse al lado bueno de esta película. Aquello que me comentó ayer por la tarde.

Esta vez, Demetrio no pudo evitar buscar los ojos de Jan. Mientras le aguantaba la mirada, empezó a hablar:

—Siempre he considerado a Jan un amigo. Durante mucho tiempo lo he admirado. Me dejé persuadir por su retórica y por sus ideales. Lo que me distanció de él, además del tema de la violencia, que es lo esencial, fue conocer a su grupo. Yo tenía únicamente relación directa con Jan en lo que a la contrarrevolución se refería. Poco antes del encuentro previsto en la calle, entré en contacto con sus seguidores de Nois. ¡Menudo chasco! ¡Son tan vulgares, tan poca cosa, tan normales! Se me cayó el mundo a los pies. ¿Cómo pretendíamos cambiar el mundo con gente así? Eso no tenía ningún futuro. Me sentí engañado.

Por el tono de sus palabras, muchos de los presentes intuyeron que este había sido el verdadero motivo de su traición.

De nuevo, el fiscal se irguió con aspecto triunfal: había conseguido humillar públicamente al culpable. Luego, espetó a Jan esta pregunta hiriente:

—Cómo líder de ese «distinguido» grupo de contrarrevolucionarios, ¿qué tiene que decir a esto? ¿No le da vergüenza oír estas palabras de uno de sus antiguos seguidores?

Jan recordó a su amigo Pedro y, con cierta picardía, dijo lo primero que le vino a la mente:

—Ya te digo..., cree el ladrón que todos son de su condición.

El público captó la ironía y estalló en jolgorio. Nunca habían tenido especial aprecio por ese fiscal y no dejaron pasar esta oportunidad para mofarse públicamente de él.

El fiscal se ruborizó, perdió el habla y se llenó de ira contra Jan. El juez pidió silencio y, como no lo consiguió, levantó la sesión.

Demetrio se encaminó hacia la salida, pasando junto a Jan sin mirarlo. Al llegar a su altura, oyó que este le decía: «Demas —que era el apodo cariñoso con el que Jan lo trataba—, no te guardo rencor». Al oírlo, hizo esfuerzos por no emocionarse.

21

Al día siguiente, todas las redes sociales y medios de comunicación contenían noticias escandalosas sobre Jan. Fue un linchamiento social en toda regla. No necesitó ser orquestado: existía un consenso por el que valía todo con tal de desprestigiar para siempre a un enemigo declarado de los IAI.

Ese día circularon muchas medias verdades y también enteras calumnias. La más atrevida fue la sospecha –aunque no había sido materia del juicio condenatorio– de que Jan había promovido la coprofagia entre varios menores de edad. Incitar a menores a dicha práctica era un delito grave de abuso para el que se aplicaba la tolerancia cero y las mayores penas. Comer sin límites estaba bien visto, pero seguían existiendo unas mínimas reglas morales: la coprofagia no podía ser tolerada ni siquiera por la ideología Gula. Y todavía menos en una persona que promovía el rechazo total de los inhibidores de absorción intestinal.

«¡El gran hipócrita!»: este era el titular del primer medio que había propalado la calumnia.

En distintos lugares de la ciudad, dos personas seguían de cerca las noticias sobre Jan; ambas sufrían en silencio, aunque las lágrimas de la primera eran más serenas que las de la segunda. Se trataba de Judith y de Pedro.

Así se sucedieron dos días. Durante este periodo, Jan permaneció aislado en una habitación. Solo veía a la persona que le traía la comida tres veces al día. En el desayuno del segundo día, le trajeron un café con leche y dos de esos cruasanes que tanto le habían fascinado. Iban acompañados de un sobre. Lo abrió y vio el documento y bolígrafo que ya conocía, y una nota de Roberto que decía: «Todavía estás a tiempo. Hazlo por mí». Tras desayunar, tomó el documento y escribió sobre él.

A continuación, la angustia y la tristeza hicieron mella en su ánimo. El responsable de su cuidado observó que temblaba y que su frente se cubría de sudor frío. Por este motivo, lo sedaron sin consultarle, como un detalle de delicadeza para evitarle el dolor. No obstante, Jan habría preferido mantenerse consciente en todo momento.

Ese día por la noche, cuando Roberto llegó a su casa, su mujer le entregó un sobre que había traído en mano un funcionario del Ministerio de la Certeza. Dentro vio lo que había escrito Jan: «Me los he comido a tu salud. Estaban buenísimos. Muchas gracias por el detalle». El documento seguía sin firmar.

Al tercer día, condujeron a Jan a un hospital. Allí despertó tendido en la cama de una habitación individual, con mucha luz natural, en la que el blanco era el único color con derecho a existir.

Abrió los ojos y se encontró con la atenta mirada de una enfermera, que le dijo:

–Hace una hora lo vino a ver su hermana y me pidió que lo

despertara, pero no fue posible. Pobrecita, la enfermedad que padece debe de ser muy dura.

–¿Cómo dice? –preguntó Jan un poco sorprendido.

–Pues eso, que su hermana estuvo con usted hace un rato y le dijo cosas al oído, aunque usted no reaccionaba.

–Yo solo tuve dos hermanos, y murieron de niños. Mis padres también están muertos. Soy huérfano. No me quedan parientes cercanos. ¿Por qué dice que era mi hermana? –volvió a preguntar Jan.

–Disculpe mi error –contestó nerviosa la enfermera–; supuse que era su hermana porque se despidió dándole un tierno beso en la frente, como hago yo con mi hermano pequeño.

–¿Y lo de la enfermedad? –siguió indagando Jan.

–También lo supuse. Iba rapada al cero y me dijo que las grandes gafas oscuras que llevaba eran para que la luz no le aumentara los dolores de cabeza. Por cierto, le trajo un regalito. Aquí lo tiene.

La enfermera alargó la mano y depositó en el regazo de Jan una cajita perfectamente envuelta en papel de regalo. Jan cerró los ojos, acarició el paquete durante un rato y, por fin, se decidió a desenvolverlo.

El contenido de la caja lo decía todo: una elegante reproducción en miniatura de una espada medieval.

–¿Dijo algo? –preguntó Jan, todavía con la sonrisa torcida en su cara.

–Nada significativo: cuando le dio el beso susurró algo parecido a «Adiós, soñador, y que tus sueños se cumplan»; pero no me haga mucho caso, porque no lo escuché bien.

El estado de ánimo de Jan se vino arriba. Esa visita audaz de Judith era todo lo que necesitaba para superar la angustia del día anterior. Todavía estaba saboreando esos momentos cuando sonaron unos golpes en la puerta de la habitación. La enfermera abrió y apareció Roberto, que se le acercó con amabilidad y dijo pausadamente, aunque se lo notaba incómodo:

—Jan, el Ministerio de la Certeza ha accedido a tu petición de eutanasia. Entendemos que se te haga un infierno seguir viviendo sin honra ni amigos. No queremos que sufras más. La aplicaremos enseguida.

—No recuerdo haber hecho esta solicitud... Suelo soñar mucho: quizá el subconsciente me ha traicionado y he pedido la eutanasia durante la sedación —contestó Jan con ironía y buen humor.

—Lo sé —dijo Roberto con pena—. No obstante, debo cumplir el protocolo. Las palabras que te he dicho constarán en tu expediente y saldrán publicadas dentro de una hora en todos los medios de comunicación.

—Ah, comprendo: ¿quién puede oponerse al protocolo? —siguió bromeando Jan.

Roberto se dejó llevar por el descontento que lo hería en el alma y explotó:

—¿Qué pensabas, Jan? ¡He intentado salvarte, pero eres un ingenuo! ¿Acaso pretendías detener con un débil puñado de personas y una simple argumentación uno de los mayores progresos de la humanidad? Eres un loco que intenta subir a nado una cascada caudalosa. Tú mismo me lo dijiste: Gula lo tiene todo; lo domina todo; lo controla todo... ¿No te das cuenta de que el mundo político, el económico, el financiero, el mediático, el científico y el artístico, por mencionar solo los más relevantes, están alineados para aplastar cualquier voz disonante en lo que respecta a los inhibidores? ¿Por qué no quisiste retractarte?

Sin esperar respuesta, Roberto indicó a la enfermera que prepara la dosis para inoculársela a Jan a través de la vía que le habían colocado en el brazo derecho mientras estaba sedado. La enfermera sustituyó el gotero de suero fisiológico por otro muy pequeño, que colgaba del mismo soporte y que contenía una dosis triple para provocar una eutanasia placentera: primero, un calmante; luego, un euforizante y, finalmente, la sustancia que detenía el corazón. Sería una muerte dulce en menos de dos minutos.

Cuando estuvo todo preparado y solo se necesitaba que la enfermera abriera la llave de paso del preparado trifásico, Roberto preguntó a Jan si quería decir unas últimas palabras: estaba en su derecho. Esto también lo exigía el protocolo. Jan aceptó ese honor.

–Roberto, di de mi parte a las altas instancias: «Lo tenéis todo, lo controláis todo, lo domináis todo. No obstante, se os ha escapado un detalle en la ecuación. Y esa variable olvidada es la que os hace débiles: tenéis los días contados».

–¿Qué variable? –respondió Roberto, con el rostro serio.

–Lo tenéis todo, lo controláis todo... menos una cosa: ¡la verdad! ¡Yo espero en la verdad!

Roberto se mantuvo callado unos instantes y luego, dirigiéndose a la enfermera, dijo con tristeza:

–Señorita, proceda.

Roberto salió enseguida de la habitación, con los ojos llorosos. Llevaba varios días dándole vueltas a una idea que Jan había mencionado durante su debate y que, por el acaloramiento de la conversación, no había sopesado convenientemente en aquel momento. Ahora que todo había terminado, esa afirmación estaba haciendo tambalear toda su argumentación. Necesitaba salir de dudas.

Se dirigió a la hemeroteca de la universidad pública de Nois y empezó a consultar la prensa escrita de los años 2023-2028. En uno de los medios con más difusión en esos momentos encontró una noticia de 2025 –justo el año de su nacimiento– que lo dejó hundido. Llevaba por título: «Un médico australiano dice haber descubierto unas sustancias naturales que inhiben el hambre». El cuerpo de la noticia era crítico y satírico con ese hallazgo que, según el médico, se había producido cuatro años antes. La noticia concluía con una frase que lo sintetizaba todo: «¿Qué necesidad tenemos de inhibir el hambre si ya contamos con el inhibidor de la absorción intestinal?». Aquel mismo día, ese medio de comunicación portaba un gran anuncio publicitario de la mayor empresa proveedora de IAI.

22

Pedro deambulaba de un lugar a otro de la ciudad sin rumbo determinado. Era 1 de mayo. Habían pasado tan solo veinticuatro horas desde que se había enterado de que Jan había recibido la eutanasia. Seguía sin obtener respuestas. Había repasado obsesivamente los últimos episodios del frustrado plan. No conseguía entender la pasividad final manifestada por su amigo. De vez en cuando, en sus paseos, tenía arrebatos de ira y se desfogaba pateando cualquier cosa que se le pusiera por delante. ¡Era todo tan ilógico!

Finalmente, le entró el hambre y decidió entrar en un bar. Mientras se saciaba iba siguiendo las noticias que aparecían en una de las paredes-pantalla del local. Algunos medios continuaban esparciendo porquería sobre la memoria de Jan. De vez en cuando, aparecían otras noticias más intrascendentes y locales: la policía había encontrado en un parque a un grupo de niños jugando amigablemente con un lobo de un año de edad. El animal había sido enviado a la reserva.

Pedro se sonrió, pero pronto reapareció la expresión de dolor en su rostro. Otra noticia decía que un respiradero del museo del antiguo alcantarillado había sufrido una curiosa tromba de agua; quizá esa fuera la causa por la que muchas cámaras de seguridad se habían desconectado. Este suceso había motivado la revisión de todos los respiraderos y, en uno de ellos, en la otra punta de la ciudad, se habían descubierto unos curiosos patines.

Cuando salió del bar, le pareció reconocer a distancia a una persona. Se acercó con discreción y terminó de confirmar sus sospechas: ese lunar en el cuello, justo debajo de la oreja derecha, no podía ser de nadie más. Cuando la tuvo al lado, pronunció el nombre de Judith.

Ella se giró y su hermoso rostro lució con toda su fuerza, sin peluca que simulara calvicie ni gafas de sol. Tras observarlo detenidamente, le dijo:

—Tú debes de ser Pedro.

—Así es. ¿Cómo me has reconocido?

—Pues supongo que por lo mismo que tú. Jan describía apasionadamente y con todo detalle a las personas a las que quería. Esa pequeña cicatriz que tienes sobre la ceja derecha es inconfundible —aclaró Judith.

Pedro, de repente, sintió la necesidad de hablar con ella. Le propuso sentarse en un banco que se encontraba a pocos metros. Judith aceptó. Se pasaron varias horas charlando y consolándose mutuamente. La chica le refirió primero su odisea para desplazarse desde Naturalia hasta Nois sin que nadie la pudiera detectar. Una vez aquí, supo que los dos transhumanos habían fallecido de un infarto antes de alcanzar Lledabás, por lo que ya no necesitaba esconderse.

Luego le mencionó que había visitado a Jan poco antes de morir.

–¡Cómo dices! ¿Lo fuiste a ver? Cuéntamelo todo –prorrumpió Pedro.

–Me camuflé con peluca y gafas de sol y me dirigí al hospital donde sabía que estaba –empezó a contar Judith con cierta excitación–. Me extrañó que en recepción apenas me preguntaran por mí y por el motivo de mi visita. Una enfermera me acompañó en ascensor hasta la cuarta planta y luego nos dirigimos a la habitación de Jan. En el pasillo me enteré de que le iban a aplicar la eutanasia en breve. ¡Tenía que hacer algo, y pronto!

»Pasamos junto a una puerta rotulada «Botiquín». Inmediatamente, simulé un dolor de cabeza y le pedí a la enfermera un analgésico. Ella entró en el botiquín y me lo dio. Esto me sirvió para comprobar que la puerta no necesitaba llave. Luego dije que quería ir al baño a tomarme el medicamento. Este estaba a pocos metros del botiquín. Entré y provoqué un accidente con una de las cisternas de un inodoro. Empezó a encharcarse y salí para alertar a la enfermera. Esta fue a buscar ayuda a un mostrador donde trabajaban otras dos enfermeras, situado a pocos metros. Tenía menos de medio minuto. Me metí en el botiquín y, con la puerta un poco abierta para controlar los movimientos de fuera y con la ayuda de la linterna de mi reloj de pulsera, me hice con una jeringa y un fármaco que deduje que podría funcionar como antídoto. Vi que la enfermera volvía en mi búsqueda y me encerré en el botiquín. La oí pasar de largo diciendo: «Pero ¿dónde diablos se ha metido esta señora?».

Cuando sus pasos dejaron de oírse, me dirigí de nuevo al baño, donde estaban las dos enfermeras del mostrador recogiendo el agua. Les pregunté si necesitaban ayuda y me dijeron que no. Al salir me volví a encontrar con la enfermera que me estaba buscando. Las dos nos dirigimos a la habitación de Jan. Una vez allí, lo vi dormido y en compañía de otra enfermera. Me quedé a solas con ella y le pedí que lo despertara; aproveché ese breve instante de distracción para inyectar el antídoto en un pequeño gotero que deduje que contenía el preparado para la eutanasia. Ya se ve que no acerté con el antídoto o con la dosis. ¡Una lástima!

—¡Estás loca, Judith! ¡Podían haberte detenido! —exclamó Pedro, indignado.

—Había que intentarlo —respondió con temple Judith.

Cuando la conversación volvió a serenarse, Pedro le detalló todo lo que Jan había sentido por ella y cómo le había relatado los gloriosos días vividos en la cabaña de la reserva de lobos.

—Para Jan —enfatizó Pedro—, esa estancia y haberte conocido fue como un pedazo de cielo.

Mientras contaba esto, Judith se ruborizaba, pero no lo detenía: le gustaba escuchar lo que estaba oyendo, y sus verdes ojos se ponían vidriosos.

Después de un buen rato, Pedro sacó el asunto que tanto lo aguijoneaba por dentro:

—¿Por qué se entregó Jan? ¿Por qué no intentó huir conmigo?

—No tengo respuesta —dijo Judith—, pero de una cosa estoy convencida: si obró así es porque estaba seguro de que era la mejor de las opciones. De vez en cuando, Jan tenía salidas misteriosas. Recuerdo que una vez, en la cabaña, durante nuestras largas charlas sobre Gula, me dijo que el último recurso para vencer a una ideología poderosa era el testimonio de la debilidad, que se hace fuerte aceptando el dolor e incluso la muerte.

Luego añadió que haría lo imposible por evitar ese extremo, pero que no dejaba de pensar en eso por si llegaba el momento y no tenía otra opción.

Se hizo de noche. A Pedro se le había pasado el tiempo volando. Judith lo había tratado con inmensa ternura y esto lo transportó al pasado, recordándole los momentos más bellos vividos junto a Inés. Fue una tarde balsámica.

De repente, como despertando de un agradable sueño, Pedro manifestó a la chica su intención de regresar a la mañana siguiente a Cinobar, su ciudad natal. Lo haría siguiendo la ruta que había recorrido con Jan. Su alma se lo pedía: quería revivir esos momentos tan deliciosos e intensos pasados en compañía de su gran amigo, aunque era consciente de que la nostalgia lo haría sufrir mucho. Judith intentó disuadirlo, sin éxito: Pedro estaba totalmente determinado. Se despidieron.

23

Muy de mañana, Pedro empezó su regreso desde la cantera donde Jan había asistido al inicio de la película *Tiburón*. Desde allí se dirigió a la carretera principal, la que subía a la cumbre donde estaba la ermita dedicada al Sagrado Corazón. Andaba a buen ritmo. Aun así, le llevó más de dos horas alcanzar la cima.

Algo le llamó la atención en unos arbustos; casualmente, encontró la gorra con la capa solar de Jan. La recogió, se la guardó y se emocionó. Descansó un poco y se santiguó mirando al Sagrado Corazón: «Por si acaso...», pensó. Luego, reanudó la marcha carretera abajo. Tras otras dos horas, llegó hasta la casita blanca donde había depositado la mochila de Jan. En esa larga caminata se había entretenido recordando los muchos diálogos mantenidos con Jan, especialmente los acaecidos junto al crepitar del fuego nocturno.

Estaba sediento y decidió llamar a la puerta de la casita para que le dieran de beber. Un matrimonio de ancianos lo acogió con extrema amabilidad. Una vez hubo saciado su sed, sus anfitriones le dijeron:

–Qué extraño, nunca viene nadie a visitarnos y ahora, en menos de una semana, dos personas han venido a pedirnos de beber.

Pedro se interesó por el otro sediento. Los datos que le dieron eran inconfundibles:

–Un tal Jan, que venía con un «perro», que dejó esperando en el jardín. Era un tipo muy simpático. En el poco tiempo que estuvo con nosotros nos hizo reír con sus anécdotas. Nos contó que Dios apenas lo había dotado de habilidades, excepto una: sabía detectar a la gente por su modo de andar. Lo que para muchos era la vista o para su «perro» el olfato, para él era el ruido de las pisadas. No había dos iguales: las consideraba como huellas dactilares. A veces, se había servido en secreto de esta habilidad para sus juegos de niño. Por ejemplo, nos contó que siempre ganaba a la gallina ciega, porque cuando perseguía a alguien, ya sabía quién era antes de pillarlo. Sus compañeros pensaban que hacía trampas porque conseguía ver a través de la venda, y él se divertía siguiéndoles la corriente y animándolos a que le taparan más y más los ojos. Una vez llegaron a ponerle un cubo metálico en la cabeza, y aun así reconoció enseguida a su siguiente víctima del juego.

Pedro se quedó pensativo con ese comentario sobre el don de las pisadas, pero no dijo nada. Se despidió amablemente, les agradeció de nuevo el vaso de agua y se fue; cuando ya había cruzado el umbral de la puerta, oyó por detrás que la mujer decía:

–Sabemos que Jan fue apresado, juzgado, condenado y «ejecutado». Las redes sociales no dejan de decir cosas malas sobre él. Nosotros no tenemos dudas al respecto: estamos seguros de que fue un buen hombre.

Pedro siguió andando para luego volverse hacia los ancianos con el rostro emocionado. Intentó agradecerles esas últimas palabras, pero balbuceó y no fue capaz. Se marchó llorando.

Mientras ascendía hacia la pequeña cumbre desde la que Jan y él habían avistado la ciudad, algo extraño empezó a ocurrirle. Fue como si, por fin, se disiparan las tinieblas de su mente. Empezó a atar hilos: el don de identificar las pisadas, el juego de la gallina ciega, el modo como lo reconoció junto a la cabaña bajo los espinos, el secretismo en la fase final del plan, la necesidad del testimonio de la debilidad como último recurso...

Cuando llegó a la cima, sus dudas desaparecieron por completo. Recordó que, en ese mismo lugar, unos días antes, Jan había deslizado en sus oídos estas desconcertantes palabras: «Gracias por asumir el liderazgo en la última etapa de la travesía».

Su rostro se iluminó. La respuesta estaba clara: Jan se había entregado porque había reconocido la traición de Demetrio por sus pisadas –era uno de los hombres de negro encapuchados– y había decidido dejarse atrapar antes que permitir que lo vieran con Pedro. Jan se consideraba prescindible. En cambio, él tenía el manuscrito. Él debía continuar con el plan. Él, que siempre había preferido ocupar un segundo lugar y ahorrarse la soledad del mando, tenía que asumir el liderazgo.

Permaneció allí, lloroso y alegre, hasta el atardecer. Resueltas todas sus dudas, decidió regresar a Nois en busca de Judith.

24

Ciudad de Nois: mayo de 2123

Había transcurrido medio siglo desde la ejecución de Jan. Ya nadie recordaba tal suceso. Esa generación había pasado, y ese acontecimiento no había tenido mucho más recorrido. La ideología Gula había cristalizado en la sociedad.

La gente que nacía ahora, debido a los implantes de IAI, veía como normal un mundo en el que comer y nutrirse eran dos cosas totalmente independientes, que se movían en planos paralelos; la voluntad del individuo podía unirlas, pero culturalmente eran asuntos separados.

La industria alimentaria se había multiplicado hasta el infinito: era el principal pilar de la economía mundial. La publicidad de los alimentos se había vuelto extremadamente agresiva y lo invadía todo.

La antropofagia era un derecho en muchos países. La lógica se había impuesto: si comer sin límites se había convertido en una práctica universal, los que sentían atracción por la carne humana, aunque fueran minoría, no deberían verse privados de ello.

Por otro lado, la industria de los implantes nutricionales y de hidratación –el otro pilar de la economía– también había florecido, y ahora los ciudadanos contaban con una amplia gama de productos que liberaban sustancias nutritivas en sus cuerpos para configurarlos y potenciarlos a capricho: más fibrosos, más musculosos, más altos, etcétera; solo el sobrepeso parecía estar vetado.

Que buena parte de la población hubiera decidido prescindir –momentánea o definitivamente– de su sistema digestivo para nutrirse había potenciado la mentalidad de que toda la biología corporal, incluso la sana, era prescindible y modificable. El transhumanismo había hecho su agosto. Eran cada vez más los que decidían, también en la niñez o en la adolescencia, sustituir alguno de sus miembros u órganos naturales por otros tecnológicos. La barrera entre el hombre y la máquina se había disuelto. Incluso algunos, más atrevidos, buscaban elementos sustitutivos de origen animal, con lo que la barrera entre el hombre y la bestia también quedaba desdibujada.

Junto con lo anterior, se habían agravado los daños colaterales: por ejemplo, algunos implantes nutricionales provocaban inapetencia, y esto había propiciado el consumo de sustancias potenciadoras del hambre, que también llevaban anejas efectos secundarios. Las enfermedades y disfunciones orgánicas derivadas de una conducta alimentaria indisciplinada se hacían evidentes: deshidratación, desgaste dentario, artrosis mandibular, irritación y riesgo de tumores en todo el tracto digestivo, incontinencia fecal, ...

Pero los problemas de salud más graves eran los de ámbito psicológico: las consultas de los especialistas estaban abarrotadas de adultos y de infantes que, a pesar de contar con cuerpos perfectos, eran profundamente infelices. Curiosamente, las mujeres eran las más afectadas: algunas anhelaban una belleza natural, no tecnológica, y no sabían dónde buscarla.

La generación actual estaba sembrada de «cadáveres» provocados por Gula. Dicen que el ser humano necesita golpes para reaccionar, dado que estos son más convincentes que los buenos argumentos. El dolor de estos palos era tal que, en ciertos sectores de la sociedad, se detectaban deseos de cambio. Empezaba a calar la idea de que ese mundo feliz que habían prometido los inhibidores de absorción intestinal era una utopía falaz. Las propuestas de cambio ya no topaban con el freno ideológico inicial de Gula. Ese ya no era el obstáculo que había que vencer. La ideología dejó de existir el día que se convirtió en cultura de masas. Ahora, el freno para el cambio provenía del avaricioso mundo económico. Había mucho dinero en juego. Las grandes multinacionales del sector alimentario y del bioquímico y nutricional no iban a permitir que algunos revisionistas amenazaran con hundir su próspero negocio.

En la universidad de Nois se había congregado un grupo de amigos unidos por su rechazo a la cultura de los IAI y de los implantes nutricionales. Habían creado una asociación, y todos los que se unían a ella se comprometían a comer del mismo modo que sus antepasados: sin implantes ni inhibidores, nutriéndose exclusivamente de lo que se llevaban a la boca. Eran minoría: no más de veinticinco personas. La asociación se llamaba Nutrición Ecológica. En el campus universitario eran admirados por muchos, pero imitados por pocos. Los dos cabecillas de esta minoría creativa eran una pareja de novios de veintitrés años: María y Pepo.

María estaba iniciando su doctorado. Había decidido hacer la tesis doctoral sobre comportamiento alimentario. Le interesaba profundizar en las raíces antropológicas del hambre y de la nutrición humana. Intuía que allí encontraría las vías para recuperar el terreno perdido y volver a ilusionar a la humanidad con la belleza de lo natural: la unidad, armonía y equilibrio que debería existir entre comer y nutrirse. Un día, estando en la biblioteca de la universidad, dio con un curioso manuscrito del año 2073. Estaba archivado junto con libros, notas de prensa y artículos relacionados con la filosofía del hambre.

Empezó a leer. Enseguida conectó con su línea argumental: era sencilla y profunda a la vez. Lo que más la impresionó fueron las predicciones que contenía. Unas procedían de 2023, el año que empezaron a comercializarse los IAI. El texto citaba a un intelectual que, ya entonces, advirtió de las consecuencias del uso de los inhibidores. No se citaba su nombre; simplemente se lo describía como «el visionario». Ese intelectual había sufrido un calvario por sus declaraciones. A continuación, venían nuevos vaticinios aportados en 2073 por el propio autor del manuscrito: ¡era increíble! Esas predicciones se habían cumplido al pie de la letra; parecía que el documento había sido escrito en pleno 2123. Por último, otro aspecto del manuscrito que la subyugó fue la argumentación ecológica que empleaba. Ella y Pepo, al dar nombre a su asociación –Nutrición Ecológica–, pensaban que habían inventado la pólvora. María se daba cuenta ahora de que sus intuiciones para resolver la revolución del hambre en positivo ya habían sido propuestas muchos años antes. Se emocionó. Leyó y releyó el manuscrito varias veces. Decidió que esa iba a ser la piedra angular de su tesis doctoral.

El manuscrito terminaba con tres firmas. Dos eran legibles: Judith y Pedro. La tercera estaba muy emborronada y no fue capaz de reconocerla. Empezó a fotografiar todo el documento. No pudo evitar enviárselo a Pepo, que lo recibió instantáneamente y empezó a leerlo en una de las lentes de sus gafas electrónicas.

Antes de abandonar la biblioteca, devolvió a la archivera el manuscrito, que iba acompañado de varias notas de prensa antiguas: una de ellas, aparentemente, no tenía ninguna relación con la filosofía del hambre, pues comentaba la iniciativa emprendida por dos personas a diez kilómetros de Nois. Se trataba de una hípica unida a un singular criadero de lobos. La finca tenía un nombre gracioso: «La casa de Lup». En la noticia se hacía una breve referencia a un extraño personaje en silla de ruedas que vivía allí.

María preguntó a la archivera por el origen del manuscrito. Esta consultó en su base de datos y le dijo que había sido depositado por una persona anónima, hacía poco más de veinte años. Debía de tratarse de alguien bien posicionado en la política, puesto que los recortes de prensa que acompañaban al manuscrito estaban impresos en un papel que llevaba el membrete del Ministerio de la Certeza, ya extinto.

María le comentó que estaba firmado por tres personas y que solo era capaz de reconocer dos nombres. La archivera volvió a consultar la pantalla donde tenía la ficha y le contestó que, efectivamente, la transcripción del texto terminaba con tres rúbricas: Judith, Pedro y Demas. María anotó el tercer nombre y agradeció la información. Cuando ya se había dado la vuelta, oyó la voz de la archivera, que le decía:

—Aquí hay una nota del analista del texto que dice que la firma de Demas es trece años posterior a las dos primeras; y que el texto original es de una persona distinta a los tres firmantes.

María se dio la vuelta para agradecer esta información adicional, pero no anotó nada. No le pareció relevante. Lo importante para ella era el contenido del manuscrito.

Una semana más tarde, María y Pepo, desde el seno de la asociación Nutrición Ecológica, organizaron una conferencia que llevaba por título: «¿Convendría volver a vincular socialmente la alimentación con la nutrición? ¿Cómo conseguir esta integración en la persona?». Contra todo pronóstico, se apuntaron más de mil estudiantes de todas las tendencias. Se tuvo que reservar el aula magna de la universidad pública de Nois para dar cabida a tal gentío.

El día señalado, a la hora convenida, se hizo el silencio y María empezó a hablar:

—Hoy ha empezado una contrarrevolución. El error se propaga gracias a la parte de verdad que contiene, a la debilidad del género humano y al poder, y lo hace habitualmente acompañado de revueltas violentas. La verdad se propaga por convicción, discretamente, pacíficamente, con el testimonio de vida de unos pocos.

María continuó el discurso con una argumentación clara, consistente y convincente. Finalmente, concluyó con una frase:

—¡Nosotros, hijos de la Ilustración, creemos en la capacidad de la razón!, ¡nosotros esperamos en la verdad!

FIN

Agradecimientos

En primer lugar, quiero expresar mi gratitud para con todas aquellas personas que se han prestado a leer el borrador de la novela y me han dado tan buenos consejos: los editores de Casals y varios amigos y familiares: Ricardo Jiménez, Luis Ramoneda, Santi Herraiz, Rafa Riquelme, Quique Muñiz, Joan Fernández Capo, José Medina, Carla Echevarne Elía, Maria Fernández Capo, Roser Fernández Mercadé, Diana Schmilinsky, Meri Rutllant, Javier Blas, David Martínez, Jesús Haro, Álvaro García Nieto, Manuel Cuchet y Jaime García Máiquez (autor del poema «El amor es una flor»).

También estoy en deuda de agradecimiento con dos autores de novelas distópicas que me han marcado de modo especial: Aldous Huxley por *Un mundo feliz* y Suzanne Collins por *Los juegos del hambre*.

Y, puestos a hablar de autores, termino agradeciendo a Dios el habernos dado la Biblia, fuente primaria e inagotable de historias, además de guía para nuestros pasos.

Índice

Parte I. LA RESERVA	5
1	7
2	10
3	14
4	19
5	29
6	37
7	50
8	55
9	61
10	67
11	75
12	84
Parte II. LA CIUDAD	91
13	93
14	99

15	107
16	114
17	119
18	123
19	131
20	138
21	144
22	150
23	155
24	158
Agradecimientos	164

Joe F. Daniels

Joe F. Daniels (1970) es un enamorado de la naturaleza y de los animales, especialmente de los perros y de los caballos. Estos amores lo llevaron a estudiar Veterinaria y a realizar el doctorado. Completó su formación con algo de Filosofía y de Dirección General de Empresas. Tiene experiencia en docencia –enseñanza media y universitaria– y en consultoría. Ha dirigido diversas entidades educativas, culturales y cinematográficas, algunas de creación propia. Es autor de varios artículos científicos, y este que tienes en tus manos es su segundo libro.

Bambú Exit

Ana y la Sibila
Antonio Sánchez-Escalonilla

El libro azul
Lluís Prats

La canción de Shao Li
Marisol Ortiz de Zárate

La tuneladora
Fernando Lalana

El asunto Galindo
Fernando Lalana

El último muerto
Fernando Lalana

Amsterdam Solitaire
Fernando Lalana

Tigre, tigre
Lynne Reid Banks

Un día de trigo
Anna Cabeza

Cantan los gallos
Marisol Ortiz de Zárate

Ciudad de huérfanos
Avi

13 perros
Fernando Lalana

Nunca más
Fernando Lalana
José M.ª Almárcegui

No es invisible
Marcus Sedgwick

**Las aventuras de
George Macallan.
Una bala perdida**
Fernando Lalana

Big Game (Caza mayor)
Dan Smith

**Las aventuras de
George Macallan.
Kansas City**
Fernando Lalana

La artillería de Mr. Smith
Damián Montes

El matarife
Fernando Lalana

El hermano del tiempo
Miguel Sandín

El árbol de las mentiras
Frances Hardinge

Escartín en Lima
Fernando Lalana

Chatarra
Pádraig Kenny

La canción del cuco
Frances Hardinge

Atrapado en mi burbuja
Stewart Foster

El silencio de la rana
Miguel Sandín

13 perros y medio
Fernando Lalana

La guerra de los botones
Avi

Synchronicity
Víctor Panicello

**La luz de las
profundidades**
Frances Hardinge

Los del medio
Kirsty Appelbaum

La última grulla de papel
Kerry Drewery

Lo que el río lleva
Víctor Panicello

Disidentes
Rosa Huertas

El chico del periódico
Vince Vawter

Ohio
Àngel Burgas

**Theodosia y las
Serpientes del Caos**
R. L. LaFevers

**La flor perdida
del chamán de K**
Davide Morosinotto

**Theodosia y el
báculo de Osiris**
R. L. LaFevers

Julia y el tiburón
Kiran Millwood Hargrave
Tom de Freston

**Mientras crezcan
los limoneros**
Zoulfa Katouh

Tras la pista del ruiseñor
Sarah Ann Juckes

**El destramador
de maldiciones**
Frances Hardinge

**Theodosia y los
Ojos de Horus**
R. L. LaFevers

Ánima negra
Elisenda Roca

Disidente y perseguido
Joe F. Daniels

El gran viaje
Víctor Panicello

Los cuentos de Lesbos
Àngel Burgas

Un detective improbable
Fernando Lalana